LEIBNIZ BLÄTTER VERLAG

Die Acht vom großen Fluss (4)

CIP-Kurztitelaufnahme der Deutschen Bibliothek
Kuhnke, Gabriele:
Die Acht vom großen Fluss / Gabriele Kuhnke
Bd. 4. Feuer in der Nacht
Originalausgabe erschienen: 1985

Illustrationen: Kollektiv der Leibniz Privatschule Kaltenkirchen, unter der Leitung von Sabine Helgesson (Titel),
Illustrationen in diesem Band: Tyra Schlichtkrull
Layout: Georg von Sternberg

Überarbeitete Neuauflage 2021
Leibniz Blätter Verlag, Kiebitzreihe b. Hamburg

Herstellung: BoD – Books on Demand, Norderstedt

ISBN: 978-3-9822832-1-0
E-Book: 978-3-9822896-1-8

LEIBNIZ BLÄTTER VERLAG

Gabriele Kuhnke

Die Acht vom großen Fluss

Feuer in der Nacht

Die Acht:

Sabine, 12, schulterlanges, dunkles Haar, als einzige nicht blond; spitze, schmale Nase; dicke Ponyfrisur. Wittert dauernd spannende Fälle. Sehr pfiffig.

Bastian, 12,
hat kurzes blondes Stoppelhaar und sehr abstehende Ohren. Ist der Anführer der Jungen. Intelligent. Manchmal muffelig.

Heike, 12, und Heiko, 11, Geschwister, haben beide ganz kurz geschnittenes blondes Haar. Heiko weiß immer alles, Heike ist sehr tierliebend und weichherzig. Hilfsbereit sind beide. Die Geschwister besitzen zusammen eine kleine Segeljolle, da sie auf einer Insel wohnen.

Susanne (Su), 8, Sabines jüngere Schwester, die immer mit will. Hat dünne, widerspenstige, rotblonde Zöpfe, ist lustig, lacht und weint viel, hat Sommersprossen. Su ist eine Nervensäge, aber lieb.

Florian (Flo), 10, hat ganz dicke blonde Locken (um die ihn die Mädchen beneiden). Flo ist klein und dünn, ein bisschen ängstlich. Liest leidenschaftlich gern.

Goldhamster Husch ist Heikes Liebling. Er sitzt meistens unter ihrem Pullover und ist immer dabei. Sein Fell ist besonders seidig. Ein großer Nüsse-Hamsterer. Kommt auf Heikes Pfiff. Fürchtet Kater Bandit wie den Teufel, da er dessen Absichten kennt.

Kater Bandit wurde irgendwann von Sabine halb ertrunken gefunden und adoptiert. Die Familie liebt ihn. Bandit ist pechschwarz mit weißen Pfoten. Er hat nur ein Auge. Hofft, irgendwann Hamster Husch zu erwischen. Geht meistens mit den Kindern mit. Ist ein ganz besonderer Kater.

Inhalt

Gabriele Cecilia Kuhnke (geb. Ammermann;* 19. Juni 1946 in Olsberg) ist eine deutsche Schriftstellerin; sie hat sich vor allem durch ihre Kinder- und Jugendbücher einen Namen gemacht. Geboren im Sauerland, besuchte sie in Arnsberg das Mädchen-Gymnasium. Seit ihrer Kindheit fühlte sie sich zu Wasser und Schiffen hingezogen, arbeitete nach ihrer Schulzeit auf einem Rhein-Schleppkahn. Die zwölfbändige Reihe ***Die Acht vom großen Fluss*** erschien erstmals zwischen 1985 und 1991im Schneider-Buch-Verlag. Sie lebt in Sommerland zwischen Elmshorn und Glückstadt.

Bastians großer Tag

Mit einem roten Filzstift streiche ich die 29 auf dem Kalender dick durch. Rasch nähern sich die Sommerferien dem Ende. Nur noch drei Tage, dann steht Frau Maak, unsere Klassenlehrerin, wieder vor uns. In Gedanken höre ich schon ihre energische Stimme. „Hallo, Kinder, wie ich sehe, habt ihr euch gut erholt und könnt mit frischem Schwung an die Arbeit gehen."

Von mir aus könnten die Ferien ewig dauern. Mama hat bestimmt unrecht, wenn sie sagt: „Das ganze Jahr über nur Ferien – das wäre für dich bestimmt schnell langweilig, Sabine."

Ich heiße Sabine Rehder und habe dunkle, schulterlange Haare mit Ponyfransen bis an die Augenbrauen. Meine Nase ist ein wenig zu spitz und schmal geraten, aber ich finde sie immer noch besser als die Stupsnase von Su, meiner Schwester Susanne, die über und über mit Sommersprossen besät ist.

Mein Hobby ist Malen. So viel Platz, um alle Zeichnungen aufzuhängen, gibt es in meinem kleinen Zimmer nicht. Deshalb pinne ich nur die schönsten Bilder an die Wände. Die nicht so gut gelungenen Bilder sammle ich in einer immer dicker werdenden Mappe.

Unser Dorf Diekhusen ist ein kleiner Ort an der Unterelbe, 30 Kilometer vor Hamburg. Dorf ist beinahe noch zu viel gesagt, denn Diekhusen besteht nur aus neun Häusern, die sich in einer langen Reihe an den Deich schmiegen, als suchten sie dort

Schutz vor den launischen Wellen des großen Flusses auf der anderen Seite. Haus Nummer 8 hat ein Strohdach und gehört uns. Vom Fenster meines Giebelzimmers kann ich gerade über den Deich gucken.

Ich stütze meine Ellenbogen auf die Fensterbank und lehne mich hinaus. Vor dem Deich wälzt sich der breite Fluss dem Meer, der Nordsee, entgegen. In Strommitte ziehen große Schiffe vorüber, die Waren aus aller Welt nach Hamburg bringen und neue Fracht mit zurücknehmen.

Ein schnittiges, grünes Boot fährt in Ufernähe vorbei. Das ist der Zollkreuzer, auf dem mein Vater als Kapitän fährt. Er und seine Mannschaft haben ein wachsames Auge auf Schmuggler und solche verantwortungslosen Kapitäne, die das Altöl aus den Tanks ihrer Schiffe einfach in den Fluss oder ins Meer laufen lassen, ohne daran zu denken, welchen Schaden sie damit unter den Fischen und Vögeln anrichten. Schon oft haben wir am Strand tote Möwen mit ölverklebtem Gefieder gefunden. Rasch zieht der Zollkreuzer vorüber. Kurze Zeit später klatschen seine Sogwellen am Strand entlang.

Ich lege die Hand über die Augen, um besser sehen zu können, und spähe zum Bananensand hinüber. Der Bananensand ist eine etwa zwei Kilometer lange Insel mitten im Strom. Um die Insel zieht sich ein heller Sandstreifen, der bei Flut nur schmal, bei Ebbe dagegen sehr breit ist.

Im Norden der Insel steht ein großer Bauernhof. Von meinem Fenster aus kann ich einen Teil des mit Reet gedeckten Daches durch das dichte Laub der Bäume schimmern sehen. Der helle Fleck, der in der Morgensonne blinkt und glitzert, ist die Fensterscheibe des Zimmers, das meiner Freundin Heike gehört.

Heike ist wie ich zwölf Jahre alt. Da sie für ihr Leben gern Kartoffelbrei isst und Unmengen davon verdrücken kann, wird sie langsam immer rundlicher um die Taille. Außer Heike und ihrem Goldhamster Husch, der sich meistens in einer ihrer Hosen- oder Jackentaschen aufhält und dem es anscheinend Spaß macht, an ihrem Körper herum zu klettern, leben noch ihre Eltern, ihr Bruder Heiko, zwanzig Kühe, einige Schafe und Hühner und der Schäferhund Wotan auf der Insel.

Fremde halten die beiden Geschwister oft für Zwillinge, weil sie gleich groß sind, dieselbe runde Gesichtsform und dieselben kurz geschnittenen blonden Haare haben. In Wirklichkeit ist Heiko elf Monate jünger als seine Schwester, sehr zu seinem Kummer, da Heike, wenn sie ihn ärgern will, „mein kleiner Bruder“ zu ihm sagt.

Am Anlegesteg des Bananensandes liegen zwei Boote. Das große Motorboot gehört Bauer Hansen, dem Vater der Geschwister; und die kleine Segeljolle gehört Heike und Heiko.

Plötzlich fliegt die Tür meines Zimmers so ungestüm auf, dass sie gegen die Wand kracht und ich erschrocken herumfahre.

Meine Schwester Susanne hüpft herein. „Es ist bereits nach zehn, wann wollen wir losgehn?“, singt sie nicht gerade schön, aber dafür umso lauter.

Susanne, die wir der Kürze halber Su nennen, ist erst acht Jahre alt. Wenn sie sich einmal nicht an mich hängt, spielt sie am liebsten mit Puppen, denen sie seltsame Namen gibt. Auch jetzt hat sie ihre

Babypuppe Gerapita im Arm.

Wenn Su schlechte Laune hat, kaut sie oft an ihren rotblonden, dünnen Zöpfen, und wenn sie guter Laune ist, singt sie am liebsten selbstgereimte Verse.

„Ich wusste gar nicht, dass wir eine begabte Dichterin in unserer Familie haben“, neckt Papa sie manchmal, wenn Su wieder einen ihrer Reime losgelassen hat. „Eines Tages wirst du berühmt werden.“

Su bewohnt das gegenüberliegende Giebelzimmer. Von ihrem Fenster aus kann sie zwar nicht den Fluss sehen, aber dafür weit über die grünen Marschen blicken, bis am Horizont das Grün der Wiesen und das Blau des Himmels ineinander tauchen.

„Träumst du etwa mit offenen Augen, Sabine?“, fährt Su mich an. Das hat sie irgendwo gelesen.

Suchend blickt sie sich in meinem Zimmer um: „Du hast noch nicht mal das Geschenk für Bastian eingepackt!“ Vorwurfsvoll starrt sie mich an.

Schuldbewusst wende ich mich vom Fenster ab und ziehe einen Bogen Geschenkpapier, der mit unzähligen roten Herzen bedruckt ist, aus der Schreibtischschublade. Su malt mit meinem Filzstift einen dicken roten Kreis um die Zahl 30 auf dem Kalender. Heute ist Bastians Geburtstag. Dann nimmt sie den Karton von meinem Bett und dreht und wendet ihn in den Händen.

„Komische Sachen schenken wir Bastian“, nörgelt sie und liest laut vor, was auf dem Karton steht: „Bausatz Cessna 172“.

„Das sind keine komischen Sachen“, fahre ich auf, „das ist ein Flugzeugmodell zum Basteln. Oder glaubst du, dass Bastian sich vielleicht über einen

Plüschteddybären freuen würde?"
„Brauchst mich gar nicht so anzuschreien, Sabine. Was will Bastian denn mit den vielen Flugzeugmodellen? Sein ganzes Zimmer ist damit vollgestopft."
„Und deines ist voller Puppen und Schmusetiere."
„Na und?" Su zieht ärgerlich an einem ihrer strähnigen Zöpfe. „Mit Puppen kann man wenigstens spielen. Man kann sie anziehen und ausziehen und sie spazieren fahren. Kann man das vielleicht mit einem Flugzeugmodell, hm?"

„Bastian kann es!" Ich platze laut los, als ich mir vorstelle, wie Bastian seine Flugzeuge im Puppenwagen ausfährt.
„Gib den Karton her, Su, sonst machst du noch was kaputt."

Wir haben unser letztes Taschengeld zusammengekratzt, um das Geburtstagsgeschenk kaufen zu können. Sorgfältig packe ich den Karton ein. Su klebt die Papierecken mit Tesafilm fest und hilft mir, eine feuerrote Schleife zu binden. Zufrieden betrachten wir unser Werk.

„Sabine! Su!" Eine helle Jungenstimme ertönt vor dem Fenster. Neugierig lehnen wir uns hinaus.

Auf dem Deich, fast auf gleicher Höhe mit uns, steht Flo. Er steckt gerade Daumen und Zeigefinger in den Mund, um einen durchdringenden Pfiff loszulassen. Seine dicken, blonden Locken, um die Su ihn glühend beneidet, wehen in der leichten Brise.

Florian, den wir Kinder aus Diekhusen nur Flo nennen, weil er für seine zehn Jahre etwas klein ist, wohnt mit seinen Eltern und seinen Zwillingsschwestern, die fast noch Babys sind, in Haus Nummer 1. Seinem Vater gehört der Campingplatz, der etwa einen Kilometer vom Dorf entfernt am Deich liegt. Dort stehen den Sommer über viele weiße Wohnwagen. Sie gehören Leuten aus der Stadt, die an den Wochenenden wie ein Schwarm Wespen in Diekhusen einfallen. Dann wird es im kleinen Hafen lebendig. Die Segelboote werden aufgeklart, und alle tummeln sich auf dem Fluss.

Viele Städter, die kein Boot besitzen, kommen nur, um beim Deichspaziergang frische Luft zu schnappen und anschließend bei Kaffee und Sahnetorte in Tante Almuts und Onkel Hennings Café einzukehren. Von dort aus können sie auf den breiten Fluss blicken und den vorbeiziehenden Schiffen nachträumen.

„Hallo, Flo!", ruft Su überrascht. „Du bist ja mal pünktlich!"

Flo blickt auf seine Armbanduhr. „Bin ich zu früh?“

„Nein. Es ist beinahe elf Uhr, und um elf wollten wir am Hafen sein.“

Kein Wunder, dass Su überrascht ist, Flo zu sehen. Meistens vergisst er alles um sich herum, und zwar immer dann, wenn er in ein Buch vertieft ist. Dann läuft er wie ein Schlafwandler herum und muss von uns durch einen gutgemeinten Knuff in die Wirklichkeit zurückgeholt werden.

„Warte nur schön munter, wir kommen gleich hinunter“, trällert Su übermütig; sie schnappt sich das Geschenk und rennt aus meinem Zimmer.

Ich stecke unser Bandenabzeichen, eine gelbe Acht auf einem blauen Stück Stoff, an mein T-Shirt und werfe rasch noch einen Blick zum Bananensand hinüber. Die kleine Jolle liegt nicht mehr am Steg. Sie befindet sich auf halbem Weg zwischen der Insel und dem kleinen Hafen von Diekhusen.

„Heike und Heiko kommen, um uns abzuholen“, rufe ich und springe ausgelassen die Treppenstufen hinab. Ich freue mich.

Mama reicht mir eine prall gefüllte Plastiktüte.

„Hier sind einige Dosen Limo, damit ihr nicht verdurstet! Meint ihr wirklich, dass Zitronenlimonade gut zu Erdbeertorte schmeckt?"

„Klar, Mama." Meiner Meinung nach gibt es nichts, wozu Limo nicht schmeckt.

„Seid vorsichtig auf dem Fluss", mahnt Mama, „und vergesst nicht, die Schwimmwesten anzuziehen und ..."

Ich mache eine ungeduldige Handbewegung. „Ja, ja, Mama, wir sind doch nicht das erste Mal auf dem Strom." Wenn wir mit der Jolle unterwegs sind, sorgt Mama sich immer, dass wir in den Fluss fallen und ertrinken könnten, obwohl wir doch Schwimmwesten tragen.

Mit der Plastiktüte renne ich über die Terrasse in den Garten. Direkt hinter unserem Haus steigt der Deich steil an. Ausnahmsweise benutze ich einmal die Treppenstufen, da ich so mit der schweren Tüte schneller hinaufkomme.

Su und Flo sitzen wartend auf der Deichkrone. Unser Kater Bandit steht mit hocherhobenem Schwanz neben Su und schnuppert neugierig an dem Geschenkkarton.

„Brauchst gar nicht zu schnuppern, Bandit", kichert Su. „Da sind keine Katzenkekse drin!"

Bandit miaut enttäuscht und blickt mich vorwurfsvoll an. „Sei nicht gleich beleidigt, Katerchen", rede ich ihm zu und kraule ihn unter dem Kinn. Bandit hält seinen Kopf noch höher, er schließt verzückt das gesunde Auge und fängt leise an zu schnurren. Bandit ist ein schwarzer Kater, den ich vor längerer Zeit halb ertrunken im Schilf am Flussufer gefunden habe. Mama, Su und ich haben ihn wieder hochgepäppelt, und er ist bei uns geblieben. Bandit hatte nur ein Auge, als ich ihn fand. Er hat schnee-

weiße Pfoten, das heißt, schneeweiß sind sie nur, wenn er sich gerade saubergeleckt hat.
Su und Flo stehen auf. Gemeinsam mit Bandit wandern wir zum letzten Haus von Diekhusen, zu Nummer 9. Hier wohnt mein Vetter Bastian. Dieses Haus ist das einzige Haus in unserem kleinen Ort, das zweistöckig gebaut ist. In der ersten Etage, von der man über den Deich auf den Fluss blicken kann, haben Tante Almut und Onkel Henning, Bastians Eltern, ein Café eingerichtet. Man kann es direkt vom Deich aus über einen Holzsteg betreten.

Normalerweise feiern wir Geburtstag zu Hause beim Geburtstagskind. Bastian wollte im Café Stühle und Tische beiseite rücken und eine tolle Fete starten. Leider hatte er nicht bedacht, dass sein Geburtstag in diesem Jahr auf einen Freitag fällt und somit die tolle Fete leider ins Wasser fallen musste.

Da heute Freitag ist und ein strahlendblauer Himmel dazu, werden voraussichtlich nach dem Mittagessen die ersten Wochenendausflügler zum Spaziergang an die Elbe kommen und anschließend das Café aufsuchen, sodass Tante Almut, bis Onkel Henning von der Werft nach Hause kommt alle Hände voll zu tun hat und sich nicht um uns kümmern kann. Zu allem Überfluss hat ein Reiseunternehmen einen Bus mit 45 Personen angekündigt, die in Diekhusen eine Kaffeepause einlegen wollen. Naja, gut fürs Geschäft, aber hier sollte doch die Geburtstagsparty stattfinden . . .

„Du musst deinen Geburtstag verschieben und helfen, Bastian“, meinte Tante Almut zu unserem Entsetzen kurzerhand. „Wir holen den Geburtstag nach!“ Zum Glück konnte Bastian meine Mutter überreden, als Bedienung für ihn einzuspringen.

„Am besten, wir machen die Fliege“, knurrte Bastian ärgerlich. „Hier geht es Freitag drunter und drüber.“

„Und unsere tolle Fete?“, maulte Su enttäuscht.

„Und die Erdbeertorte?“, jammerte Flo.

Heike hatte einen rettenden Einfall. „Wisst ihr was? Wir feiern Bastians Geburtstag bei uns auf dem Bananensand. Dort stört uns bestimmt niemand.“

Begeistert stimmten wir zu.

Und jetzt ist es endlich soweit. Wir stehen auf dem Deich und rufen laut: „Hallo, Bastian!“

Im gleichen Moment öffnet sich die Tür zum Café, und Bastian kommt heraus. Verlegen grinsend schlendert er über den Holzsteg auf uns zu. Im Arm hält er einen Riesenkarton.

„Da ist die Erdbeertorte drin“, sagt Flo beinahe ehrfürchtig und leckt sich über die Lippen.

Bastian ist einen ganzen Kopf größer als ich, obwohl ich auch nicht gerade klein bin. Er hat borstige kurze Stoppelhaare und die am weitesten abstehenden Ohren, die man sich vorstellen kann. Damit kann er besser wackeln als Kater Bandit mit seinen Ohren. Und die sind wirklich sehr beweglich.

„Oh, du hast dich aber in Schale geworfen“, staune ich überwältigt.

„Man muss was tun zur Feier des Tages“, lächelt Bastian gutgelaunt, und seine Ohren wackeln lustig.

Er trägt weiße Shorts, so weiß wie Bandits Pfoten, weiße Tennissocken mit rotblauem Rand, und auf seinem weißen T-Shirt, wie könnte es auch anders sein, ist ein grellroter Doppeldecker aufgemalt.

Viele Flugzeugmodelle, angefangen vom Segelflugzeug bis zum riesigen Airbus, stehen in seinem Zimmer auf langen Regalen, auf dem Schreibtisch und sogar auf dem Fußboden. Ich bin gespannt, wo er das neue Modell noch unterbringen wird.

„Herzlichen Glückwunsch zum Geburtstag, Bastian!“ Wir drücken ihm feierlich die Hand. Ich halte Bandit hoch, damit er ihm eine Pfote reichen kann. Aber davon hält Bandit nicht viel. Er maunzt ungeduldig und springt von meinem Arm.

„Dein Geschenk bekommst du erst in die Hand, wenn wir auf dem Bananensand gelandet sind“, singt Su übermütig. Sie versteckt rasch den Karton auf dem Rücken.

Neue Gäste

Wir rennen noch einige Schritte auf der Deichkrone weiter, bis uns ein niedriges Geländer den Weg versperrt. Vor uns klafft eine Lücke im Deich, durch die eine schmale, geteerte Straße zum Hafen führt. Das niedrige Geländer ist zum Schutz der Spaziergänger angebracht worden.

„Seht mal, gerade fährt ein Auto durch die Lücke!“, ruft Su. Wir beugen uns über das Geländer und blicken hinab. Ein weißer Opel fährt unter uns vorbei. Er zieht einen Anhänger, auf dem ein Segelboot befestigt ist. Allerdings ist der lange Mast umgeklappt. Hinter der Windschutzscheibe entdecken wir die fremden Gesichter eines Mannes und einer Frau.

„Aha, neue Gäste“, stellt Bastian fest. „Oder kennt ihr die?“

„Nein, die beiden habe ich hier noch nie gesehen“,

antworte ich.

„Ich kenne sie aber!“ Flo strahlt. Er ist stolz, dass er auch einmal etwas Neues berichten kann. „Gestern Nachmittag haben sie ihren Wohnwagen auf unserem Campingplatz abgestellt. Jetzt haben sie noch ihr Boot geholt!“

Ein durchdringender Pfiff lässt uns zusammenfahren. Heiko steht am Ende der Mole und winkt ungeduldig mit beiden Armen. Wie die Wilden jagen wir den Deich hinab. In seinem Eifer, uns zu folgen, rennt Bandit zwischen Flos Beine. Flo stolpert und fällt der Länge nach hin. Er macht sich gar nicht erst die Mühe, wieder aufzustehen, sondern rollt wie ein Ball bis an den Fuß des Deiches.

„Jetzt siehst du nicht mehr wie ein Geburtstagsgast aus“, ruft Su. Die Nase rümpfend, stolziert sie einmal um ihn herum.

„Pfui, Flo, du bist durch einen Kuhfladen gerollt.“

„Halb so schlimm.“ Flo nimmt die Sache nicht weiter tragisch. Er rupft einige Grasbüschel ab und reibt damit den Schmutz von Hose und Beinen.

„Na, endlich“, begrüßt Heiko uns. „Ihr habt vielleicht eine lange Leitung.“

„Wo ist Heike?“

„Die ist auf dem Bananensand geblieben. Für sechs Kinder, einen Kater und eine Riesentorte ist die Jolle schon fast zu klein.“

„Mensch, Bastian, hast du dich rausgeputzt!“ Heiko betrachtet Bastian verwundert und zaubert dabei eine große Kaugummiblase durch seine Zahnlücke.

„Hast wohl noch nie gutangezogene Leute gesehen“, grinst Bastian. „Verschluck dich vor Staunen nicht an deinem Kaugummi.“

Bastian ist gut gelaunt. Kein Wunder! Geburtstag, ein strahlendblauer Himmel wie im Reiseprospekt und ein vor uns liegender, fauler Tag auf dem Bananensand.

Ich gehe bis an den Rand der Mole und schaue hinab. Da Ebbe ist, schaukelt die HAI tief unter uns auf dem Wasser. Nur ihr glänzender Mast aus Aluminium ragt über die Mole hinaus.

Die HAI kann als Ruder-, Segel- und Motorboot genutzt werden, da sie einen kleinen Außenbordmotor hat. Sie ist genau 3,75 Meter lang und 1,57 Meter breit. Ist das Schwert hochgezogen, so liegt sie nur 13 Zentimeter tief im Wasser, sodass wir an jeder beliebigen Stelle des Ufers anlegen können. Die kleine Jolle leuchtet so weiß wie Bandits Pfoten, nur ihr Dollbord ist dunkelblau gestrichen. Zu beiden Seiten des Bugs prangen im gleichen Blau die Buchstaben HAI.

Da Heike und Heiko sich nicht auf einen Namen für ihr Boot einigen konnten, haben sie schließlich die drei Anfangsbuchstaben ihrer Namen genommen und aus dem E ein A gemacht. So ist das kleine Boot zu dem gefährlichen Namen HAI gekommen. Heike und Heiko benutzen die Jolle wie andere Kinder ihr Fahrrad. Nach den Sommerferien müssen sie wieder jeden Morgen von ihrer Insel nach Diekhusen segeln oder rudern, um von hier aus, wie wir anderen auch, mit dem Schulbus zur Schule zu fahren.

„Hallo, Kinder, könnt ihr mal mit anfassen?“

Wir blicken in die Richtung, aus der die Stimme gekommen ist. Am gegenüberliegenden Ende des Hafenbeckens, dort, wo ein schmaler, geteerter Weg in den Fluss führt, damit die Segler ihre Boote bequem zu Wasser lassen können, steht der weiße

Opel, auf dessen Anhänger das Segelboot liegt.

Eine junge Frau mit einem gelbweiß-gepunkteten Kopftuch, gelbweiß-geringeltem T-Shirt und weißen Bermudashorts winkt uns zu.

„Was will die denn?“, fragt Su erstaunt.

„Sie kriegen ihr Boot allein nicht zu Wasser“, stellt Heiko mit einem fachmännischen Blick fest. „Wollen wir ihnen helfen?“

Hilfsbereit, wie wir nun einmal sind, laufen wir um das Hafenbecken herum. Bandit hat keine Lust, uns zu folgen. Er setzt sich neben Sus Babypuppe Gerapita auf die Mole und putzt sich ausgiebig.

Die junge Frau kommt uns barfuß entgegen.

„Hallo! Wir bekommen das Boot allein nicht vom Anhänger. Würdet ihr bitte schieben helfen?“

„Na klar“, antwortet Bastian für uns mit, und großspurig fügt er hinzu. „Das ist eine Kleinigkeit für uns.“

„Ich heiße Rita, und der da am Anhänger ist Frank, mein Mann.“

„Der Lange ist Bastian, der Kleine mit den Locken ist Flo, der immer Kaugummi kaut, ist Heiko, neben mir steht meine Schwester Su, und ich heiße Sabine“, stelle ich uns vor.

„Seid ihr das erste Mal in Diekhusen zum Segeln?“, fragt Su neugierig. „Ich habe euch noch nie gesehen.“

„Ja.“ Frank ist inzwischen herbeigekommen und streicht seine langen schwarzen Haare aus der Stirn. „Wir haben ein Fleckchen gesucht, wo es still und ruhig ist, damit wir einmal nach Herzenslust segeln und faulenzen können.“

„Da seid ihr hier in Diekhusen absolut richtig“, bestätigt Bastian. „Hier ist nichts los. Keine Disco, kein Kino, gar nichts."

„Genau das Richtige für uns", lacht Frank.

Heiko steckt die Hände in die Taschen seiner Shorts und wandert einmal um den Anhänger herum.

„Ihr müsst langsam rückwärtsfahren", schlägt er vor, „bis der Anhänger im Wasser verschwunden ist. Dann brauchen wir das Boot nur noch vom Hänger zu schieben."

„Führt der Weg auch unter Wasser weiter?", sorgt sich Frank. „Womöglich endet er plötzlich, und der Anhänger steckt im Sand fest."

„Keine Bange", beruhigt Heiko ihn. „Der ist auch bei Ebbe lang genug."

„Okay", stimmt Frank zu. „Rita, du setzt dich am besten hinter das Lenkrad und fährst langsam rückwärts."

Während Rita in den Wagen steigt und den Motor anlässt, ziehen wir unsere Sandalen aus und waten neben dem Anhänger her ins Wasser.

„Stopp!", ruft Frank laut, als die Hinterreifen des Opels bereits im Wasser stehen.

Rita stellt den Motor ab und watet zu uns. Gemeinsam schieben wir das Boot vom Anhänger, was nicht so schwer ist, da der hintere Teil des Hängers vollkommen im Fluss verschwunden ist und der größte Teil des Bootsrumpfes bereits im Wasser schwimmt.

„Das wär's!" Heiko reibt sich befriedigt die Hände.

Rita und Frank bedanken sich herzlich bei uns.

„Besucht uns mal auf dem Campingplatz. Dann lassen wir auch für jeden von euch eine Limo springen."

„Okay!" Wir lachen zufrieden.

„Ich fahre jetzt den Anhänger zum Campingplatz

zurück“, schlägt Rita ihrem Mann vor, „und kaufe unterwegs ein paar Lebensmittel ein.“

„Gut“, stimmt Frank zu. „Ich mache inzwischen das Boot klar.“

„Kann man hier irgendwo in der Nähe einkaufen, Kinder?“

„In Diekhusen, Haus Nummer 5“, geben wir bereitwillig Auskunft. „Dort kriegt ihr alles: Lebensmittel und Zeitungen und sogar Briefmarken.“

„Ist ja überwältigend“, lacht Rita. „Ich sehe schon, wir müssen hier nicht verhungern.“

Sie steigt in den Opel und winkt uns zu, als sie vorbei fährt.

„So, dann will ich erst mal den Mast aufrichten!“ Frank klettert in sein Boot.

Wir. nehmen unsere Schuhe in die Hand und laufen zur HAI zurück.

„Wer erster ist, kriegt ein Kaugummi“, verspricht Heiko.

Wie nicht anders zu erwarten, gewinnt Bastian mit seinen langen Beinen den Wettlauf. Außer Atem langen wir bei Kater Bandit an, der brav die Babypuppe, die Riesentorte und das Geschenk bewacht.

„Nun aber nichts wie los!“ fordert Heiko uns auf und wischt sich mit beiden Händen über das erhitzte Gesicht. „Heike wird bestimmt schon ungeduldig.“

Bastian stellt sich auf die Zehenspitzen, sodass er noch größer wird. „Aufgepasst, ihr Acht vom großen Fluss!“

„Sechs“, verbessert Su ungerührt.

„Wie? Was? Jetzt habe ich meine tolle Rede vergessen!“ Bastian hält verwirrt inne.

„Macht nichts“, sagt Su ungerührt. „Zurzeit sind

wir nur sechs. Heike und Hamster Husch warten doch auf dem Bananensand!"

„Auf zur Insel! Los geht's!", kommandiert Bastian.

„Ob wir heute wieder ein Abenteuer erleben?", fragt Flo beinahe ängstlich.

„Glaube ich nicht", beruhige ich ihn. „Heute wollen wir Bastians Geburtstag feiern und faulenzen."

Heiko erlaubt großzügig, dass Bastian als erster an Bord darf, weil er Geburtstag hat. „Lass bloß nicht die Torte ins Wasser fallen", fügt er warnend hinzu.

Bastian klettert vorsichtig die eisernen Sprossen an der Hafenmauer hinab und schwingt sich ins Boot. Wir atmen wie erlöst auf, als er den Riesenkarton mit der Torte wohlbehalten auf der Ruderbank abstellt.

Als nächste folgen Su mit dem Geburtstagsgeschenk und Flo, der in seiner Hast tatsächlich eine Sprosse übersieht und ein Stück an der Mauer entlangrutscht. Zum Glück wird er von Bastian am Arm gepackt und recht unsanft in die Plicht befördert. Dort sitzt er auf den Bodenbrettern und betastet vorsichtig die aufgeschrammten Knie. Su krallt sich mit beiden Händen am Dollbord fest, denn die kleine Jolle schaukelt ordentlich.

Ich nehme schnell Bandit auf den Arm, bevor er merkt, dass er mit ins Boot soll, und klettere mit ihm die Sprossen hinab. Jetzt erst merkt Bandit, was ihm bevorsteht. Er maunzt kläglich, denn er hasst Bootfahren, weil er dabei öfter ein paar Spritzer Wasser abbekommt.

Heiko löst oben auf der Mole das Tau vom Poller und wirft es hinunter. Ich fange es auf und rolle es ordentlich zusammen.

„Vergiss die Tüte mit den Limodosen nicht,

Heiko!“, rufe ich hinauf.

„Keine Angst, die vergesse ich bestimmt nicht.“

Kaum ist Heiko zu uns in die Jolle gesprungen, stößt Bastian das Boot mit dem Ruder von der Hafenmauer ab. Ich hole die orangefarbenen Schwimmwesten aus dem Staukasten und reiche jedem von uns eine. Ohne Schwimmweste auf der Elbe zu segeln ist purer Leichtsinn. Zwar kennt sich Heiko mit dem Boot und der Strömung gut aus, falls aber doch einmal einer von uns über Bord fallen sollte, würde er es ohne Schwimmweste wohl kaum schaffen, gegen die reißenden Strömungen und Strudel anzuschwimmen. Oberstes Gebot für alle, die mitsegeln, heißt deshalb: Schwimmwesten anlegen!

„Wollen wir segeln?“, fragt Flo. Ihm schwankt das Boot zu wild. Er setzt sich rasch auf die Sitzbank.

„Na klar“, brummt Heiko. „Ist doch Wind genug. Oder möchtest du uns rüber rudern?“

Flo schüttelt schnell seinen Lockenkopf. Dazu hat er keine Lust. Heiko zieht das Großsegel am Mast hoch. Knatternd entfaltet sich die Leinwand im Wind. Der Groß baum schwenkt herum; und wir müssen uns rasch ducken, damit er uns nicht gegen die Köpfe knallt. Bastian setzt noch das Focksegel und legt die Schot über die Belegklemme. Schnell hockt er sich zu uns anderen auf die Bank, denn der Wind füllt die Segel und drückt die HAI auf die Seite. Heiko sitzt auf dem Staukasten im Heck. Mit einer Hand hält er die Großschot und mit der anderen die Ruderpinne. Die kleine weiße Jolle mit dem blauen Dollbord schießt in den Wind und nimmt Kurs auf den Bananensand.

Rauch hinter dem Deich

Taucht der Bug der HAI tief in ein Wellental, bekommen wir Gischtspritzer ab. Das kühlt ganz angenehm bei der Hitze. Nur Bandit hält nichts davon. Er macht sich unter der Ruderbank noch kleiner und zieht den Schwanz ein. Wenn er etwas aus tiefster Seele hasst, so ist es Wasser.

Zwischen Diekhusen und dem Bananensand befindet sich außer uns nur noch ein Boot auf dem Wasser. Heute Nachmittag wird das anders sein. Dann tauchen die ersten Wochenendurlauber aus Hamburg auf und stürzen sich in ihre Boote, die jetzt noch friedlich im kleinen Hafen an ihren Bojen schaukeln. Später wird es vor weißen und bunten Segeln auf dem Strom nur so wimmeln.

Rasch nähern wir uns dem einsamen Boot mit dem roten Segel. Ein alter Mann sitzt gebeugt darin. Sein tiefbraunes Gesicht ist so von Falten durchzogen wie der Acker von Bauer Hansen, wenn er ihn gerade umgepflügt hat. Weiße Haarsträhnen lugen unter seiner Schirmmütze hervor.

„Das ist der alte Kuddel, er trinkt gern aus der Buddel", ruft Su vergnügt. Dann verstummt sie. „Hoffentlich hat er das nicht gehört", flüstert sie. Sie mag den alten Mann eigentlich gern und möchte ihn nicht ärgern.

„Du bist wirklich unmöglich, Su", sage ich.

„Er hat bestimmt nichts gehört", tröstet Flo. „Das Wasser rauscht so laut vorbei, und die Möwen schreien ununterbrochen über uns!"

Kuddel ist uralt. Er wohnt in Diekhusen, Haus Nummer 3 bei seiner Tochter und seinem Schwiegersohn, die auch beide nicht mehr jung sind. Kuddel ist früher sogar noch auf großen Segelschiffen um die Welt gefahren. Jetzt ist er zu alt, um auf Schiffen zu arbeiten. Aber das Wasser lässt ihn nicht los. Fast jeden Tag, wenn er nicht gerade Heikos und Heikes Eltern auf dem Bauernhof hilft, sieht man ihn mit seinem Boot bei Regen und Sonnenschein auf dem Fluss, um seine Netze nach Lachsen und Aalen auszuwerfen. Und das mit einem Boot, das wohl genauso alt ist wie er selbst. Seitdem die Elbe so verschmutzt ist, sind die Fänge leider sehr unergiebig geworden.

Wenn Kuddel ein paar Gläschen Schnaps getrunken hat, erzählt er gern von all den Abenteuern, die er in seinem langen Leben heil überstanden hat. Je mehr Gläser er trinkt, umso unwahrscheinlicher klingen die Geschichten, bis wir uns schließlich belustigt zuzwinkern und Heiko ungläubig ruft: „Jetzt spinnst du aber Seemannsgarn, Kuddel!“

Da Kuddel auch immer eine Schnapsflasche mit in sein Boot nimmt, wundern sich die Leute in Diekhusen immer, dass er trotzdem heil im Hafen anlegt.

„Sein Boot ist wie ein Pferd“, sagt Papa dann. „Das findet allein zum Hafen zurück, auch wenn sein Kapitän mal betrunken ist.“

Als die beiden Boote dicht aneinander vorbeirauschen, lege ich die Hände als Sprachrohr an den Mund und rufe hinüber: „Hallo, Kuddel! Hast du Glück beim Fischen gehabt?“

Als Antwort hält Kuddel drei kleine Fische am Schwanz hoch. Schon haben sich die Boote einige Meter voneinander entfernt. Kuddel hält Kurs auf den kleinen Hafen, während Heiko einen kleinen Abstecher zur roten Leuchttonne macht, die das Ende des Bananensandes anzeigt. In sicherer Entfernung von der Untiefe zieht ein langer Tanker langsam dem Meer zu.

„Klar zum Wenden!“, befiehlt Heiko und reißt die Pinne nach Lee.

Folgsam dreht sich die Nase der HAI in den Wind. Wir wechseln rasch zur Backbordbank hinüber. Einen Augen blick schlagen die Segel schlaff hin und her. Plötzlich füllen sie sich wieder mit Wind, und die HAI nimmt Kurs auf den Anlegesteg der Insel.

Heike erwartet uns bereits voller Ungeduld. Sie fängt das Tau auf, das ich ihr zuwerfe, und legt es um den Pfosten des Stegs. Wir ziehen die Schwimmwesten aus und verstauen sie wieder im Schapp. Bandit ist als erster auf dem Steg und hetzt mit weiten Sprüngen ans sichere Ufer. Doch plötzlich besinnt er sich anders und kommt zurück. Schnurrend streicht er um Heikes nackte Beine.

„Du brauchst dich gar nicht mit Heike anzufreunden“, rufe ich dem Kater zu. „Heikes Hamster bekommst du sowieso nicht!“

Der kleine Goldhamster lugt neugierig über Heikes Blusenkragen. Als seine schwarzen Knopfaugen den Feind unter sich erspähen, verschwindet er flugs in der schützen den Bluse.

„Pech gehabt, Bandit“, lachte Heike ihn aus. Bandit trottet enttäuscht davon.

Ich habe immer Angst, dass es Bandit eines Tages doch einmal gelingen könnte, den Hamster zu fangen. Was dann mit Husch geschieht, ist klar. Aber Heike meint, ich brauche mir keine Sorgen zu machen. Sie passt auf Husch auf.

Heiko und Heike laufen über den Steg ans Ufer. Ihnen folgt Bastian, der vorsichtig den Riesenkarton mit der Torte trägt. Ich schleppe mich mit den Limodosen ab, während Su und Flo munter auf einem Bein hinter uns her hüpfen, um auszuprobieren, wer von ihnen länger durchhält.

So ziehen wir am Strand entlang zur Nordspitze der Insel, wo der Sand spitz zuläuft und in unmittelbarer Nähe die rote Leuchttonne verankert ist. Von hier aus können wir die Fahrrinne für die großen Schiffe einsehen. Ein Küstenmotorschiff keucht ganz nah vorüber. Kurze Zeit später klatschen seine Sogwellen laut an den Strand. Die rote Tonne schaukelt wild.

„Wo wollt ihr denn hin?“, ruft Heike verdutzt hinter uns her. „Ich habe hier unter den Bäumen den Tisch gedeckt. Oder wollt ihr im heißen Sand sitzen?“

Wir machen kehrt und gesellen uns zu Heike unter

die Weiden und Erlen. Hier gibt es wohltuenden Schatten.

Heike hat inzwischen alles vorbereitet. Unter den Erlen steht ein runder Campingtisch. Darauf liegt ein sauberes, grün-weiß kariertes Tischtuch. Um den Tisch herum stehen ein Campingstuhl für das Geburtstagskind und fünf umgestülpte Eimer als Sitzplätze für die Gäste.

Heike und Bastian heben zusammen die Erdbeertorte aus dem Karton. Feierlich thront sie in der Mitte des Tisches. Nur die Sahne ist bereits in der Hitze ein wenig zerlaufen. Flo zählt die bunten Kerzen, die im Tortenrand stecken.

„Stimmt genau“, sagt er zufrieden.

Aus einem Henkelkorb zaubert Heike sechs Partyteller und Pappbecher herbei. Ich stelle für jeden eine Limo auf den Tisch.

„Seht mal!“, ruft Flo plötzlich und zeigt aufgeregt nach Diekhusen hinüber. „Hinter dem Deich ist eine Rauchwolke.“

Ich lasse vor Schreck eine Limodose auf meine nackten Zehen fallen. Das tut sehr weh. Mit schmerzverzerrtem Gesicht umklammere ich meinen Fuß und hüpfe auf dem anderen Bein im Kreis umher.

„Es brennt!“, schreit Su aufgeregt.

Zum Glück brennt keins der neun Häuser. Erleichtert betrachte ich die Giebel, die unversehrt über den Deich lugen. Ich habe nämlich entsetzliche Angst vor Feuer. Bei einem Gewitter befürchte ich immer, dass ein Blitz in unser Haus einschlagen und das Strohdach mit meinem hübschen Zimmer darunter in Flammen aufgehen könnte.

„Zwischen Diekhusen und dem Campingplatz sind

doch nur Wiesen und Gräben“, wundert sich Heike. „Dort gibt es nichts Brennbares.“
„Vielleicht hat jemand hinter dem Deich ein Feuer angemacht, um Gartenabfälle zu verbrennen“, tut Bastian die Sache ungeduldig ab. „Ist doch unwichtig.“

Wir blicken der schwarzen Rauchfahne nach, die sich hoch in den blauen Himmel hinaufschraubt. Einsam brütet das gegenüberliegende Ufer in der Mittagshitze. Nur ein Segelboot gleitet rasch aus dem Hafen.

„Das sind Rita und Frank“, stellt Heiko mit seinen scharfen Adleraugen fest. „Dann haben sie ihr Boot ja endlich klargekriegt!“

„Bitte schön“, knurrt Bastian ärgerlich. „Wenn ihr lieber den Rauch betrachten wollt, esse ich die Torte allein auf.“ Wir erheben ein lautes Protestgeschrei und stürzen auf den Tisch zu. Heike zieht eine Schachtel Streichhölzer aus der Hosentasche. Sie hat wirklich an alles gedacht. Jeder von uns will wenigstens eine Kerze anzünden. Heike sammelt die abgebrannten Hölzchen sorgfältig ein und drückt sie in eine mit Sand gefüllte Konservendose.

„Aber die Hölzchen sind doch bereits aus, Heike“, wundert sich Su über die nach ihrer Meinung übertriebene Vorsicht.

„Kann man das genau wissen?“, fragt Heike. „Oft genug liest man doch in der Zeitung, dass irgendwo ein Waldbrand entstanden ist, nur weil unvorsichtige Spaziergänger abgebrannte Streichhölzer weggeworfen haben, ohne nachzusehen, ob sie auch tatsächlich aus waren. Meinst du vielleicht, ich will, dass unsere Insel in Flammen aufgeht?“

„Bloß nicht!“, ruft Flo entsetzt. „Sind die Hölzchen

auch wirklich aus, Heike?“

„Was glaubst du wohl, warum ich sie in die Dose mit Sand gesteckt habe? Sand brennt nicht. Man kann mit Feuer nie vorsichtig genug sein. So, und jetzt müssen wir Bastian ein Geburtstagslied singen.“

Feierlich stehen wir um die zwölf brennenden Kerzen herum und singen: „Happy birthday to you, happy birthday, dear Bastian, happy birthday to you!“

Bastian wird ein wenig verlegen, und seine abstehenden Ohren röten sich.

„So, und jetzt spring!“, schreit Heiko begeistert und klatscht in die Hände.

Bastian steigt auf einen der umgestülpten Eimer und springt ins neue Lebensjahr. Erst jetzt überreicht Su mit wichtiger Miene das Geschenk. Bastian bedankt sich gerührt und nestelt mit ungeduldigen Fingern an der Schleife. Wir stehen im Halbkreis um ihn herum und sind genauso aufgeregt wie er. Endlich fällt das Geschenkpapier zu Boden.

„Oh, eine Cessna 172! Toll! Das ist ja die gleiche Maschine, die Angelas Vater hat und mit der wir irgendwann mal fliegen dürfen!“

„Vielleicht denkt der gar nicht mehr an sein Versprechen“, meint Flo betrübt. „Er hat Angela ja wieder gesund bei sich.“

„Stimmt“, meine auch ich. „Er hätte inzwischen ruhig mal etwas von sich hören lassen können. Seit wir Angela aus den Händen der Kidnapper befreit haben, sind schon einige Wochen vergangen.“

Heiko macht ein bekümmertes Gesicht. „Montag fängt die Schule wieder an. Ich darf gar nicht daran denken, sonst wird mir schlecht.“

Heiko geht nicht gern zur Schule. Er meint, wenn

er Traktor fahren und mit der Jolle segeln kann, so genügt das vollkommen. Mehr ist im Leben nicht wichtig. Bastian dagegen zieht schon eine saure Miene, wenn er bei einer Klassenarbeit mal eine Zwei statt einer Eins hat.

„Falls wir tatsächlich nicht mehr fliegen können, kannst du dir die Cessna wenigstens als Modell bauen, Bastian“, erklärt Heike.

„Das war eine Superidee von euch“, strahlt Bastian. „Aber ich hoffe, dass Angelas Vater irgendwann sein Versprechen hält.“

„Wo willst du das Flugzeug hinstellen, wenn es fertig ist?“, erkundigt sich Su neugierig. „In deinem Zimmer sind doch alle Regale besetzt.“

„Es bekommt einen Ehrenplatz auf dem Bettkasten“, antwortet Bastian nach kurzem Nachdenken.

„Hm“, Flo leckt sich genießerisch über die Lippen. „Wollen wir nicht endlich die Torte anschneiden, bevor die Sahne ganz geschmolzen ist? Ich hab einen Bärenhunger.“

„Torte habe ich noch nie zum Mittagessen gehabt“, sage ich.

„Das ist eben das Besondere am Geburtstag“, findet Heike. „Alles ist anders als sonst.“

„Bastian, puste endlich die Kerzen aus, deine Gäste warten auf den Kuchenschmaus“, singt Su vergnügt einen ihrer selbstgebastelten Reime und grapscht sich einen Löffel.

Bastian füllt beide Backen tief mit Luft. Sein Gesicht läuft rot an vor Anstrengung, und seine Wangen werden fast so rund wie Huschs Backentaschen, wenn er sie mit Körnern vollstopft. Bastian beugt sich über die Torte und pustet alle Kerzen aus, ohne noch ein zweites Mal Luft holen zu müssen.

„Super!“, brüllen wir und reichen ihm unsere Teller.

Bastian bewaffnet sich mit dem Tortenheber. Gerade schiebt er ihn unter das erste Kuchenstück, als er plötzlich innehält und angestrengt lauscht. Jetzt hören auch wir es. Das schwache Tatütata einer Sirene, das immer lauter anschwillt. Su springt ungestüm auf und tritt dabei auf meine von der Limodose ramponierten Zehen.

„Au!“, schreie ich wütend. „Pass doch auf!“

Su kümmert sich nicht um mein Geschrei. Sie rennt aufgeregt zum Strand hinab und deutet nach Diekhusen hinüber.

„Dort drüben steigt immer noch Rauch zum Himmel!“, ruft sie uns zu. „Ganz sicher brennt dort irgendetwas! Und jetzt kommt die Feuerwehr.“

Heike, Bastian, Flo, Heiko und selbst Bandit stürmen eilig zum Strand. Ich humpele langsamer hinter ihnen her.

„Was soll denn dort brennen?“, überlegt Bastian stirnrunzelnd.

Wir können ihm die Frage auch nicht beantworten.

Der Deich drüben versperrt uns jede Aussicht.

„Wir können doch rübersegeln und nachsehen“, schlägt Su vor.

„Und was wird aus meiner Geburtstagstorte?“, jammert Bastian.

„Wartet. Ich habe eine bessere Idee!“ Heike zeigt auf das Segelboot, das sich rasch der Insel nähert. „Dort segeln Rita und Frank. Wir fragen sie, ob sie irgendetwas gesehen haben!“

Durch Schreien und Winken lenken wir die Aufmerksamkeit der beiden auf uns. Frank winkt zurück und hält direkt auf uns zu. Rita liegt in einem weißen Bikini auf dem Kajütdach und sonnt sich. Frank ruft ihr etwas zu. Da springt sie auf und lässt das Focksegel herab. Das Boot verliert an Fahrt und schiebt sich sacht an den Strand.

„Hallo, was treibt ihr denn hier?“, ruft Rita verdutzt und setzt eine riesige Sonnenbrille auf.

„Wir wohnen hier“, erklärt Heiko.

„Auf der Insel?“, fragt Frank erstaunt und springt an Land.

„Hier ist doch nirgends ein Haus.“

„Doch. Unser Bauernhof liegt gut hinter den Bäumen versteckt.“

„Es ist wirklich schön hier!“ Rita ist begeistert. „Wo gibt es heutzutage noch einen menschenleeren Strand? Seid ihr hier, um zu baden?“

„Nein, wir feiern Geburtstag!“

„Geburtstag? Hier draußen? Das ist toll.“ Rita ist ganz entzückt. „Sogar eine Torte habt ihr! Und Kerzen!“

Ich unterbreche ungeduldig ihre Ausrufe. „Wisst ihr, was dort drüben hinter dem Deich brennt?“

„Nein“, antwortet Frank. „Ich bin von meinem Boot

nicht heruntergekommen. Rita, du müsstest doch eigentlich gesehen haben, was dort brennt, als du vom Campingplatz zurückgekommen bist."

„Hinter dem Deich brennt ein Auto", berichtet Rita gleichgültig.

„War es ein Unfall?", frage ich erschrocken.

„Nein", beruhigt Rita mich. „Es waren überhaupt keine Leute drin. Ich habe im Lebensmittelladen Bescheid gesagt, und die haben dann die Feuerwehr angerufen."

„Wie ist das denn passiert?", fragt Bastian aufgeregt.

„Weiß ich nicht. Vielleicht ein Vergaserbrand oder so etwas. So, jetzt hört doch von dem dummen Auto auf. Feiert lieber weiter. Wer hat denn Geburtstag?", fragt Rita.

„Ich", meldet sich Bastian.

„Herzlichen Glückwunsch!", sagt Rita.

„Danke. Wollt ihr ein Stück Kuchen haben?"

„Es ist Erdbeertorte", macht Flo ihnen die Sache schmackhaft.

„Da läuft mir das Wasser im Mund zusammen", sagt Frank. „Aber wir können doch nicht einfach eure Torte wegessen."

„Die ganze Torte bekommt ihr auch nicht", grinst Bastian, „höchstens ein Stück."

Eine echte Überraschung

Gerade schiebe ich die letzten Kuchenkrümel in den Mund, da hören wir lautes Rufen: „Hallo, Kinder!"

Die kleine, rundliche Frau Hansen, Heikes und

Heikos Mutter, taucht unter den Bäumen auf.

„Kinder!“ Sie ringt nach Atem. „Die Sekretärin von Angelas Vater hat eben angerufen. Er hatte euch doch einen Rundflug versprochen, weil ihr seine Tochter aus den Händen der Kidnapper befreit habt. Sein Pilot steht euch nachher zur Verfügung. Das Wetter ist heute ideal zum Fliegen.“

„Ich werd‘ verrückt!“ Bastian fällt der Teller mit dem angebissenen Kuchenstück aus der Hand. Er springt vom Campingstuhl und führt einen Indianertanz auf.

„Wir dürfen fliegen! Wir dürfen fliegen!“, schreit er wie von Sinnen, breitet die Arme aus, als ob er ein Flugzeug wäre, und kurvt davon.

„Jetzt hat's ihn erwischt“, sagt Su und kaut unbeirrt weiter.

„Das schockt! Jetzt fehlt nur noch, dass du vom Boden abhebst“, lacht Heike hinter ihm her.

„Mama, wie kommen wir denn zum Flugplatz?“, fragt der praktisch veranlagte Heiko.

„Papa und ich wollen sowieso gleich nach Hamburg fahren“, erklärt Frau Hansen. „Wir nehmen euch mit, laden euch in Fuhlsbüttel am Flughafen aus und holen euch später wieder ab, wenn wir unsere Einkäufe erledigt haben.“

„Toll!“

„Super!“

„Echt stark!“

Frau Hansen wehrt lachend ab. „Wenn ihr eure Torte aufgegessen habt, bringt bitte die Sachen zum Haus. Ich rufe inzwischen eure Eltern an.“

„Nun wird es doch noch ein toller Geburtstag!“, jubelt Flo.

Bastian ist vor Freude so durcheinander, dass er

unfähig ist, auch nur einen Teller zu tragen.

„Ich kann euch ja tragen helfen, schließlich haben wir auch ein Stück Torte gegessen“, bietet sich Rita an.

Während Frank zu seinem Boot zurückgeht, klemmt sich Rita Campingstuhl und den kleinen Tisch unter den Arm und folgt uns zwischen den Bäumen hindurch zum Bauernhof. Bandit trottet verwundert neben uns her. Gerade hat er noch die Sahne von den Papptellern geleckt, und nun sammeln wir auf einmal alles überstürzt zusammen und laufen davon.

Der aus roten Klinkern erbaute Bauernhof liegt auf einer Warft. Eine Warft ist ein künstlich aufgeschütteter Hügel. Da die Insel keinen Deich hat, kann es bei einer schweren Sturmflut passieren, dass sie teilweise unter Wasser steht. Das Haus aber würde dann auf seinem Hügel trocken und sicher stehen. Am Fuße der Warft bleibt Bandit zurück. Er weiß, dort oben sitzt irgendwo der Schäferhund Wotan, und dem möchte er nicht zu nahe kommen. So trollt er sich seitwärts in die Felder und sucht nach Mauselöchern.

Rita folgt uns über den gepflasterten Hof zum Wohnhaus.

„Toll“, sagt sie bewundernd. „Es muss Spaß machen, allein auf einer Insel zu leben. Frank und ich wohnen in einem Hochhaus im siebten Stock, und wenn wir aus den Fenstern sehen, blicken wir auf ein noch höheres Haus.“

„Schlimm“, sagt Heike mitfühlend.

Mit Rita möchte ich nicht tauschen. Nicht über die weiten Wiesen zu tollen und nicht jederzeit mit dem Boot auf dem Fluss segeln zu können, nein, so ein

Leben kann ich mir nicht vorstellen. Ich bedauere Rita von ganzem Herzen.

Kurze Zeit später finden wir uns alle am Steg ein. Rita verabschiedet sich von uns und wandert am Strand zu ihrem Boot zurück. Wir anderen klettern zu Bauer Hansen in das breite Arbeitsboot. Als wir alle auf den Bänken sitzen, wirft Vater Hansen den Motor an. Der Bootsmotor blubbert laut, und wir müssen beinahe schreien, um uns verständlich zu machen. Ich blicke noch einmal zurück zum Bananensand und sehe gerade, wie Rita auf das Boot klettert und sich wieder auf dem Kajütdach ausstreckt, während Frank das Großsegel hochzieht.

„Wir haben Bandit vergessen“, erinnere ich mich plötzlich erschrocken.

„Das ist ja schon öfter passiert“, meint Bastian sorglos. „Er kennt sich doch gut auf der Insel aus.“

„Ja“, stimmt Heike zu. „Husch sitzt wohlbehütet

unter meiner Bluse. Alles, was Bandit fangen kann, sind höchstens Mäuse."

Ich beruhige mich wieder. Bandit kennt sich ja wirklich gut aus. Wir werden ihn abholen, wenn wir vom Flughafen zurückkommen.

„Morgen Abend ist in Diekhusen ordentlich was los", brummt Bauer Hansen.

„Was denn?", kommt es von uns wie aus einem Mund.

„Habt ihr vergessen, dass morgen Abend das Hafenfest stattfindet?", fragt Frau Hansen erstaunt.

Wir blicken uns verblüfft an. Das haben wir tatsächlich vergessen. Alljährlich, gegen Ende der Sommerferien, veranstalten die Einheimischen mit den Seglern ein großes Fest. Auf der langen Mole werden Tische aufgestellt. Es gibt Bier für die Erwachsenen und Limo für die Kinder und für alle so viel Grillwürstchen, wie man verdrücken kann. Onkel Henning, Bastians Vater, spielt mit seinem Akkordeon zum Tanz auf. Das Beste am Hafenfest jedoch ist, dass wir Kinder so lange aufbleiben dürfen, wie wir wollen.

Bauer Hansen stellt den Motor ab. Die Wellen werfen das Boot sanft gegen die Mole. Heike klettert mit einem Tau in der Hand die Sprossen an der Hafenmauer hinauf und legt das Tau oben um einen Poller. Da inzwischen die Flut eingesetzt hat, brauchen wir jetzt nur halb so viele Sprossen hinaufklettern wie heute Vormittag. Wir schlendern durch die Lücke im Deich und bleiben vor Haus Nummer 9 stehen. Herr Hansen steigt in seinen Kombiwagen, den er immer in der Auffahrt zum Haus von Bastians Eltern abstellt, weil er sein Auto ja nicht mit auf die Insel nehmen kann.

Bastians Mutter erscheint in einem weißen Kittel an der Haustür. Sie wünscht uns viel Spaß, und wir sollen ihr zuwinken, wenn wir über Diekhusen fliegen.

Vater Hansen klappt die Ladefläche zur Sitzbank um. So finden wir alle bequem Platz im Wagen. Los geht es, an allen Häusern von Diekhusen vorbei. Meine Mutter winkt aus dem Küchenfenster. Vor Haus Nummer 1 steht Flos Mutter mit den Zwillingen auf den Armen. Zum Winken hat sie keine Hand frei, dafür winken Flos kleine Schwestern umso eifriger. Wir lassen Diekhusen hinter uns, nur der Deich bleibt an unserer rechten Seite.

„Mal sehen, welcher Wagen vorhin gebrannt hat!"

Wir beugen uns gespannt vor, denn vor uns ist die Straße durch ein Feuerwehrauto versperrt. Am Straßenrand steht ein völlig ausgebranntes Auto. Ein älteres Ehepaar, wohl die Besitzer des Wagens, stehen fassungslos daneben. Ihnen ist noch das Entsetzen an den Gesichtern abzulesen.

Ein Feuerwehrmann winkt uns vorbei. Bauer Hansen, der den Feuerwehrmann kennt, kurbelt das Fenster hinunter und fragt neugierig: „Wie ist das denn passiert?"

Der Feuerwehrmann schiebt seinen Helm ins Genick und zuckt die Achseln. „Die Leute hier haben den Wagen vorschriftsmäßig am Straßenrand abgestellt, um einen Spaziergang auf dem Deich zu machen. Sie sind eben erst zurückgekommen und natürlich fix und fertig mit den Nerven. Das Auto ist nur noch Schrott."

„War es ein Vergaserbrand?", erkundigt sich Vater Hansen.

„Ich weiß nicht. Darüber müssen sich die Sachverständigen die Köpfe zerbrechen."

„Pech, so was“, brummt Vater Hansen und tritt aufs Gaspedal. Langsam fahren wir an der Einfahrt zum Campingplatz vorbei. Einige gerade eingetroffene Wochenendurlauber stehen vor der Rezeption und diskutieren heftig über den Autobrand.

„Seltsam“, sagte ich gedankenverloren, „dass ein Auto so mir nichts, dir nichts abbrennt. Ob da jemand nachgeholfen hat?“

„Meinst du, es war Brandstiftung, Sabine?“, fragt Flo erschrocken.

„Kann doch sein“, überlege ich und ziehe die Nase kraus. Frau Hansen wendet sich um. „Unsinn, Sabine“, sagt sie energisch. „Wer sollte wohl hier in Diekhusen auf die verrückte Idee kommen, ein Auto anzuzünden?“ Darauf weiß ich auch keine Antwort.

„Außerdem geht uns die ganze Sache nichts an!“, ruft Bastian ungeduldig.

Aber da irrt er sich gewaltig.

Ein aufregender Flug

Staunend stehen wir neben Herrn Berger, dem Piloten, vor dem Flugzeug. Wie Bastian richtig gesagt hat, ist es eine Cessna 172. Das Flugzeug ist schneeweiß mit einem roten Streifen in der Mitte. Auf dem breiten, roten Streifen stehen die Buchstaben D-EDAO. An seiner Heckflosse ist die Nationalflagge aufgemalt: Schwarz-Rot-Gold.

„Leider passen nur vier Personen in das Flugzeug“, erklärt Herr Berger uns. „Ihr müsst euch also einigen, wer zuerst fliegen darf.“

Wir blicken uns fragend an.

„Bastian darf natürlich zuerst mit“, entscheidet Heike.

„Wir anderen können ja auslosen.“

„Das ist eine gute Idee!“ Herr Berger nimmt einen Zettel aus seinem Notizbuch und reißt drei kurze und zwei lange Schnipsel ab.

„Wer die langen Schnipsel zieht, darf zuerst mitfliegen!“

Er versteckt die Papierstreifen in seiner Hand, sodass wir nur das obere Ende sehen können. Gespannt vergleichen wir die Schnipsel. Es stellt sich heraus, dass Heiko und ich die längsten gezogen haben.

„Du hast immer Glück, Sabine“, mault Su enttäuscht.

„Dafür können wir uns noch auf den Flug freuen“, tröstet Heike sie.

„Also los, einsteigen“, ruft Herr Berger.

Heiko und ich müssen uns auf die hinteren Sitze zwängen, denn Bastian will selbstverständlich neben dem Piloten sitzen. Herr Berger zeigt uns, wie wir die Sicherheitsgurte anlegen müssen. Bastian kommt mit seinem Gurt natürlich allein zurecht.

„Ihr drei anderen könnt euch solange ins Restaurant setzen und eine Limo trinken“, schlägt Herr Berger vor. „Von dort oben könnt ihr den Flugbetrieb beobachten und uns auch abfliegen sehen. Es wird euch bestimmt nicht langweilig werden.“

„Macht's gut. Bis nachher!“ Heike, Flo und Su winken uns noch einmal zu, bevor sie rasch davonlaufen.

Herr Berger steigt ein und schließt die Tür.

„Angela und ihre Eltern sind gar nicht da“, stelle ich enttäuscht fest. Ich hatte mich schon darauf gefreut, Angela einmal wiederzusehen.

„Sie sind in Urlaub gefahren“, erklärt unser Pilot. „Ich hatte Anweisung, mit euch zu fliegen, wenn ideale Wetterbedingungen sind. Idealer als heute geht es nicht mehr. Ihr werdet eine tolle Sicht haben.“

Er setzt den Kopfhörer auf. Bastian bekommt ebenfalls einen Kopfhörer. Herr Berger dreht sich um und zwinkert uns zu.

„So, dann wollen wir mal starten!“

Jetzt, wo es ernst wird und wir uns gleich in die Luft erheben sollen, fühle ich ein seltsames Ziehen in der Magengegend. Meine Hände werden feucht, sodass ich sie verstohlen an meinem T-Shirt abwische. Ich schiele zu Heiko hinüber.

Heiko umklammert krampfhaft seinen Sicherheitsgurt und kaut schneller auf seinem Kaugummi. Er ist wohl genauso aufgeregt wie ich. Nur Bastian ist nichts anzumerken. Er sitzt so ruhig da, als hätte er in seinem Leben nichts anderes getan als Fliegen.

„Müssen wir uns zuerst mit dem Tower verständigen?“, fragt er fachmännisch.

„Klar. Das ist bei unserer kleinen Maschine genauso nötig wie bei den Verkehrsflugzeugen.“

Unser Pilot dreht den Zündschlüssel um und drückt auf den Zündknopf. Der Motor springt an. Der Propeller dreht sich. Ich kann kaum noch stillsitzen vor Aufregung.

„Jetzt schalte ich das Funkgerät ein, zusätzlich einen Lautsprecher, damit Heiko und Sabine auch etwas hören.“ Dann spricht Herr Berger ins Mikrofon: „Hier Delta-Echo-Delta-Alpha-Oscar! Ich befinde mich am Abstellplatz Quebec. Erbitte Rollfreigabe zu einem Rundflug über die Elbe.“

Es knackt im Lautsprecher, und dann höre ich eine

fremde Stimme: „Delta-Echo-Delta-Alpha-Oscar frei zum Rollhaltepunkt Lima!“

Unser Pilot wiederholt die Anweisung der fremden Stimme. Ich tippe Bastian an, der vor mir sitzt. Er dreht sich um und macht ein zufriedenes Gesicht. Seltsamerweise scheint er alles zu verstehen, was der Pilot erzählt, während es sich für mich wie eine Fremdsprache anhört.

Wieder ertönt die Stimme aus dem Lautsprecher: „Erbitte Meldung, wenn startbereit!“

Ist das kompliziert, bis man mit einem Flugzeug überhaupt erst einmal zum Rollen kommt. Da ist das Segeln mit der kleinen HAI bedeutend einfacher. Man springt in die Pflicht, zieht Großsegel und Fock am Mast hoch, und das Übrige erledigt fast alles der Wind.

Langsam setzt sich unser Flugzeug in Bewegung. Wir rollen an einem Airbus entlang, der zum Auftanken auf dem Vorfeld steht. Gegen dieses riesige Flugzeug nehmen wir uns mit unserer winzigen Cessna aus wie die Maus gegen den Elefanten.

Rasch werfe ich einen Blick zum Flughafengebäude hin über. Der rundum verglaste Turm ist der Tower. Von dort aus hat eben die fremde Stimme zu uns gesprochen. Auf dem Dachgarten des Restaurants stehen einige Leute.

Heiko kneift mich in den Arm. „Sabine, ich kann Flo, Heike und Su erkennen!“

Die drei lehnen weit über dem Geländer und winken wie toll.

Bastian hat für unsere Freunde keinen Blick. Er starrt wie gebannt nach vorn. „Vor uns startet eine Lufthansa-Maschine“, meldet er aufgeregt.

„Das ist die 737 nach München“, erklärt unser Pilot. „In einer Stunde wird sie bereits dort sein. Weil nicht viel Betrieb ist, dürfen wir auch auf Startbahn 05 starten!"

Unser Flugzeug hält an.

„Ist etwas nicht in Ordnung?" frage ich ängstlich.

„Quatsch", sagt Bastian unwirsch. „Wir halten, weil wir am Rollhaltepunkt angekommen sind!"

Herr Berger spricht in das Mikrofon seines Kopfhörers.

„Hier Alpha-Oscar. Befinde mich am Rollhaltepunkt und bin startbereit!"

Wieder ertönt die Stimme im Lautsprecher: „Startfreigabe erteilt!"

„Startfreigabe erteilt", wiederholt unser Pilot; er schwenkt auf die Rollbahn ein und gibt Vollgas. Der Motor heult auf, und die Cessna jagt vorwärts. Ich habe gar nicht gedacht, dass ein kleines Flugzeug so schnell rasen kann. Bevor ich mich von meiner Verblüffung erholt habe, schreit Bastian begeistert: „Wir haben abgehoben! Mensch, wir fliegen!"

Ich presse meine Nase am Fenster platt. Stimmt, die Rollbahn liegt bereits mehrere Meter unter uns. Die Flughafengebäude bleiben zurück, werden immer kleiner, bis sie nur noch so groß sind wie die Spielzeughäuschen von Flos Eisenbahn.

Bastian beobachtet starr den Höhenmesser.

„Wie hoch steigen wir noch?" fragt er.

„Im Bereich Hamburg sind 1000 Fuß Höhe vorgeschrieben", erklärt der Pilot. „Später, über Diekhusen, gehen wir auf 400 Fuß runter."

„Ich höre immer nur Fuß", knurrt Heiko ungehalten. „Von was für Füßen redet ihr denn?"

„Von deinen Käsefüßen bestimmt nicht", feixt Bastian.

„Tausend Fuß sind etwa 330 Meter!“

„Mensch, du weißt ja allerhand“, staunt Heiko anerkennend und schiebt seinen Kaugummi durch die Zahnlücke.

„Hättest mal in Mathe besser aufpassen sollen“, stichelt Bastian. Manchmal ist er richtig eklig, denke ich. Wir lassen Hamburg schnell hinter uns zurück.

„Dort unten ist die Autobahn Hamburg-Kiel, Sabine“, erklärt Herr Berger.

„Wie winzig die Autos sind“, staune ich.

„Da sind meine Matchbox-Autos noch größer“, grinst Heiko.

Wir gehen in eine Linkskurve. Einen bangen Augenblick lang kann ich nur noch den Himmel sehen. Doch dann taucht die Erde wieder auf. Als wir die Autobahn Hamburg-Itzehoe überflogen haben, sehen wir bereits Elmshorn vor uns liegen.

„So“, sagt Herr Berger und stülpt sich seinen Kopfhörer wieder auf. „Hier ist der Pflichtmeldepunkt Charly! Wir wollen Hamburg Radar rufen! Hier Alpha-Oscar“, meldet sich unser Pilot. „Elmshorn ist in Sicht!“

„Alpha-Oscar“, dröhnt eine Stimme aus dem Lautsprecher. „Sie sind frei zum Verlassen der Kontrollzone! Wir wünschen einen guten Flug!“

„Danke“, ruft Herr Berger und nimmt den Kopfhörer ab.

„Ich kann die Elbe erkennen“, sagt Bastian nun doch ein wenig aufgeregt.

„Willst du mal das Steuer übernehmen?“, fragt unser Pilot.

„Wer? Ich?“ Nun ist Bastian so aufgeregt, dass seine Stimme zittert.

„Ja. Die Füße stellst du in die Pedale. Damit kannst du das Seitenruder betätigen. Das Steuerhorn musst du etwas anziehen, wenn du steigen willst, und reindrücken, wenn du sinken willst!“

Bastian fasst zuerst zaghaft das Steuerhorn vor sich und wagt nicht nach rechts und links zu schauen. Mit der Zeit bekommt er ein Gefühl für die Bewegungen des Flugzeugs und wird zusehends sicherer.

„Kannst es ja schon ganz gut“, lobt der Pilot ihn.

„Lass uns bloß nicht runterfallen, Bastian!“ Ich blicke ängstlich in die Tiefe.

„Ich bin ja auch noch da“, lächelt Herr Berger beruhigend.

„Geh ruhig tiefer, Bastian, bis auf 500 Fuß. Wir sind gleich über der Elbe!“

Gespannt blicken wir aus den Fenstern. Hundertsechzig Meter unter uns schlängelt sich der breite Strom wie ein silbernes Band durch die grünen Marschen.

„Dort fährt ein Tanker!“, ruft Heiko begeistert. „Mensch, ich kann sogar den weißen Schaum vom Kielwasser ganz deutlich erkennen!“

„Die Vogelinsel kommt in Sicht!“, rufe ich aufgeregt. Hier haben wir das gefährliche Zusammentreffen mit den Kidnappern gehabt.

„Ja, das muss sie sein.“ Heiko zappelt unruhig auf dem Sitz herum. „Sie ist wirklich fast so rund wie ein Kreis. Hast du das Vogelwärterhaus gesehen, Sabine?“

„Ich glaube, ich habe das rote Dach erkannt!“

Schon bleibt die Vogelinsel hinter uns zurück.

„Dort ist die Bake, die an der Südspitze des Bananensandes steht“, schreit Heiko und fuchtelt mir mit der rechten Hand vor dem Gesicht herum.

„Ich sehe den Campingplatz!“, rufe ich begeistert. Haus Nummer 1 kommt in Sicht. Ganz deutlich kann ich Flos Mutter erkennen, die im Garten Wäsche abnimmt, und die Zwillinge, die in der Sandkiste umherkrabbeln. Auf dem Steg, der zum Café führt, stehen Bastians und meine Mutter und winken.

„Toll“, staune ich überwältigt. „Mama ist kleiner als meine Barbie-Puppe!“

„Wir machen gleich eine Linkskurve und überfliegen den Bananensand“, erklärt unser Pilot.

Er hat das Steuer wieder übernommen, damit Bastian auch in Ruhe hinausgucken kann.

Unter uns saust der Hafen mit seinen Booten vorbei. Ich halte nach unserem Ausguck Ausschau. Vergeblich! Er ist gut im Blätterdach der alten Weide versteckt.

„Am Strand des Bananensands liegt immer noch das Segelboot von Rita und Frank. Ich kann niemand an Deck sehen.“

„Am Steg der Insel liegt die HAI und daneben ein fremdes Boot“, ruft Bastian überrascht.

„Ach, das ist der alte Kahn von Kuddel“, erklärt Heiko, „er hilft uns öfter auf dem Hof. Vielleicht arbeitet er in der Scheune.“

„Aber deine Eltern sind doch nicht zu Hause“, wundere ich mich.

„Das macht nichts. Kuddel kennt sich bei uns aus.“ Wir überfliegen den Bauernhof.

„Ich wusste gar nicht, dass euer Haus so ein riesiges Strohdach hat“, staunt Bastian überwältigt.

„Haltet mal Ausschau, ob ihr Bandit irgendwo herumstromern seht“, schlage ich vor.

„Da rennt jemand über unseren Hof!“, schreit Heiko plötzlich.

„Wo? Ist es Bandit?" Ich spähe gespannt nach unten. Aber schon ist unser Flugzeug vorbeigeflogen.

„Das war bestimmt Kuddel", meint Bastian uninteressiert.

„Nein, so schnell rennt Kuddel nicht. Das war ein Fremder. Bitte wenden Sie!", ruft Heiko aufgeregt.

„Okay, drehen wir noch eine Runde!"

Herr Berger fliegt eine 30-Grad-Kurve, wie Bastian mir später erklärt. Jedenfalls bekomme ich einen Heiden schreck, als sich das Flugzeug plötzlich auf die Seite legt und ich das Gefühl habe, auf die Erde hinabzufallen.

„Hilfe, wir stürzen ab!", japse ich erschrocken.

Die anderen achten nicht auf mich. Zum Glück legt sich das Flugzeug wieder gerade, und wir überfliegen erneut den Bauernhof.

„Niemand zu sehen", meldet Bastian.

Der Hof liegt leer und verlassen in der Mittagssonne. Da sehe ich einen gelben Fleck zwischen den Büschen auftauchen, der schnell zum Strand rennt. Ich achte nicht weiter darauf, denn in diesem Moment schreit Heiko mit überschnappender Stimme: „Da dringt ja Rauch aus der Stalltür! Hilfe! Es brennt!"

Hilfe, es brennt!

Heiko will aufspringen. Zum Glück hält ihn der Gurt auf seinem Platz fest. Andernfalls hätte er sich bestimmt den Kopf empfindlich an der Kabinendecke gestoßen. Mit weit aufgerissenen Augen starre ich auf den Hof hinunter. Aus der offenen Stalltüre quellen tatsächlich dünne, schwarze Rauchfäden.

„Landen!“, brüllt Heiko entsetzt. „Wir müssen sofort landen! Es ist niemand zu Hause. Unser ganzer Hof brennt ab!“

Da sich Stall, Wirtschaftsräume und Wohnräume alle unter einem Dach befinden, ist es leicht möglich, dass bei einem Feuer das gesamte Anwesen abbrennt.

Herr Berger hat bereits seinen Kopfhörer übergestülpt und ruft Hamburg Radar. Mit ruhiger Stimme gibt er unsere Position durch. Die Stimme aus dem Lautsprecher wiederholt seine Angaben und verspricht, die Feuerwehr zu benachrichtigen.

Ich höre nur mit halbem Ohr zu und zappele vor Aufregung wie Heiko mit Armen und Beinen. Untätig müssen wir hier oben in der Luft kreisen und ohnmächtig zusehen, wie die Rauchfäden immer schneller und dicker herausquellen.

„Landen Sie doch!“, drängt Heiko den Piloten.

„Wie lang ist denn eure längste Wiese?“, fragt Herr Berger.

„Ich schätze, ungefähr dreihundert Meter!“

„Das reicht nicht“, meint Bastian kopfschüttelnd. „Die Cessna benötigt eine Landebahn von mindestens vierhundert Metern!“

„Die Feuerwehr ist alarmiert“, versucht Herr Berger den aufgebrachten Heiko zu beruhigen. „Mehr können wir nicht tun.“

„Haben Sie einen Fallschirm an Bord?“

„Willst du etwa abspringen, Heiko?“, frage ich entgeistert und bewundere gleichzeitig seinen Mut. Und wenn alle Häuser von Diekhusen in Flammen stehen würden, mich könnte niemand dazu bewegen, aus dem Flugzeug zu springen.

„Na klar springe ich ab“, schreit Heiko. Er heult

beinahe vor Wut, weil er so untätig im Flugzeug sitzen muss, festgehalten vom Sicherheitsgurt.

Zu meiner großen Erleichterung hat Herr Berger keinen Fallschirm an Bord. Ich glaube, ich hätte ganz schön Angst um Heiko ausgestanden, wenn er tatsächlich abgesprungen wäre.

Als wir wiederum über der Insel kreisen, stelle ich fest, dass das Segelboot von Rita und Frank nicht mehr am Strand liegt. Vielleicht haben sie den Rauch bemerkt und wollen ebenfalls die Feuerwehr alarmieren.

„Kuddel ist doch in der Scheune“, rufe ich und kneife Heiko vor Erleichterung so fest in den Arm, dass er laut
„Au!“ schreit.

„Ja“, stimmt Bastian zu. „Kuddel muss das Feuer inzwischen doch bemerkt haben. Vielleicht ist er gerade dabei, es zu löschen!“

„Hoffentlich“, sagt Heiko tonlos. „Er weiß ja, dass neben dem Stalleingang zwei Feuerlöscher hängen.“

Aber der Rauch lässt nicht nach. Im Gegenteil, er wird immer stärker.

„Wo bleibt nur die Feuerwehr?“, ruft Heiko verzweifelt. Ich kann ihn verstehen, es ist wirklich furchtbar.

„Da kommt das Löschboot schon!“, meldet Bastian aufgeregt.

Das rote Feuerlöschboot prescht an den Landungssteg der Insel. Die Feuerwehrleute springen heraus und rollen Schläuche aus.

„Du kannst dich beruhigen“, meint Herr Berger zu Heiko. „Das haben die Feuerwehrleute bald unter Kontrolle. Euer Bauernhof ist gerettet. Ich drehe jetzt ab. Wollt ihr noch einen kleinen Abstecher zur Elbmündung machen?"

„Nein", winkt Heiko ab. „Lassen Sie uns so schnell wie möglich zurückfliegen. Stellt euch vor, meine Eltern sitzen inzwischen ahnungslos im Flughafenrestaurant und trinken gemütlich Kaffee, während wir mit ansehen müssen, wie beinahe unser Hof abbrennt!"

„Das ist ja schrecklich!", halten Bastian und ich dagegen. Wir sind alle bedrückt.

„Ich glaube auch, es ist vernünftiger, wenn wir zurückfliegen und Herrn und Frau Hansen informieren", meint Herr Berger.

Als er Bastians enttäuschtes Gesicht sieht, fügt er tröstend hinzu: „Aufgeschoben ist nicht aufgehoben. Du kannst ja noch einmal mit mir fliegen, wenn dir so viel daran liegt. Wir machen halt einen anderen Termin aus."

Da glättet sich Bastians Gesicht langsam, und als wir wohlbehalten in Fuhlsbüttel aus der Cessna klettern, strahlt er bereits wieder.

Su, Heike und Flo laufen uns ungestüm entgegen.

„Wie war's?", rufen sie schon von weitem aufgeregt.

„Ihr seid ja schnell wieder zurück", wundert sich Frau Hansen, die mit ihrem Mann langsamer folgt.

„Ihr ahnt ja nicht, was inzwischen auf dem Bananensand passiert ist!", schreit Heiko und fuchtelt wild mit den Armen in der Luft herum. „Es brennt! Der Stall brennt! Wir haben den Rauch vom Flugzeug aus entdeckt! Und die Feuerwehr alarmiert!"

„Was?" Herr und Frau Hansen blicken entgeistert auf den Piloten, als hofften sie, er würde jeden Moment sagen: „Alles Halluzinationen. Ihr Sohn

Heiko leidet unter der Luftkrankheit."

Aber Berger nickt. „Leider hat Ihr Sohn recht. Aber keine Aufregung, wir haben sofort über Funk die Feuerwehr alarmiert. Das Feuerlöschboot liegt bereits am Steg, und soweit ich die Sache beurteilen kann, wird der Schaden nicht allzu groß sein!"

Nun ist Vater Hansen nicht mehr zu bremsen. Er jagt uns buchstäblich über den Parkplatz zum Auto. Heike, Su und Flo ziehen einen Flunsch, weil sie um den Flug gebracht sind. Aber Herr Berger ruft ihnen nach, an einem anderen Tag alles nachzuholen.

Noch sitzen wir nicht richtig im Wagen, da lässt Bauer Hansen bereits den Motor an. Er fährt so schnell, dass seine Frau schließlich protestiert.

„Was nützt es dir denn, Hein, wenn wir alle im Graben landen? Dann kommst du heute überhaupt nicht mehr zum Bananensand!"

Das leuchtet Vater Hansen ein. Er fährt vorsichtiger, sodass wir endlich alle wohlbehalten an der Mole aussteigen können. Angstvoll spähen wir zur Insel hinüber.

„Ich kann das Strohdach durch die Bäume schimmern sehen!", Frau Hansen atmet erleichtert auf. „Unser Haus steht Gott sei Dank noch!"

Heike und Heiko springen zu ihrem Vater ins Boot. Als die Mutter Hansen hineingeklettert ist, gibt er Vollgas und braust ab. Verdutzt bleiben wir auf der Mole zurück. In seiner Hast, endlich zu seinem Hof zu kommen, hat er ganz vergessen, uns mitzunehmen. Heike winkt uns zu und legt die Hände an den Mund.

„Treffpunkt Ausguck!", schreit sie. „In einer Stunde!"

„Mann, eine Hektik ist das", murmelt Bastian.

„Ich wäre auch vor Sorge verrückt, wenn unser Haus brennen würde“, meint Flo.

„Jedenfalls ist kein Rauch mehr zu sehen“, stellt Su enttäuscht fest.

„Wäre es dir etwa lieber, wenn der Bauernhof brennen würde?“ Ich bin ehrlich empört.

„So habe ich das ja nicht gemeint“, verteidigt sich Su. „Ich wollte meiner Puppe Gerapita nur den Rauch zeigen!“

„Was machen wir jetzt?“, fragt Flo unschlüssig.

„Wir können zu uns ins Café gehen und eine Limo organisieren“, schlägt Bastian vor.

„Okay.“

An der Lücke im Deich treffen wir auf eine Gruppe aufgeregter Menschen. Immer wieder zeigen sie zur Insel hinüber, wo am Steg noch immer das rote Feuerlöschboot liegt. Zwischen den eben erst angekommenen Wochenendurlaubern entdecken wir auch Rita und Frank.

„Habt ihr schon gehört?“, ruft Rita uns mit glitzernden Augen zu. „Auf dem Bananensand hat es gebrannt!“

„Habt ihr auch die Feuerwehr verständigt?“, frage ich.

„Wir? Wieso?“, staunt Frank.

„Na, ihr müsst den Rauch doch bemerkt haben, euer Boot lag doch am Strand.“

Frank sieht mich verwundert an. „Das muss ein anderes Boot gewesen sein. Wir sind sofort nach Diekhusen zurückgesegelt, als ihr die Insel verlassen habt.“

„Dann muss ich mich wohl getäuscht haben“, meine ich kopfschüttelnd.

„Und ich könnte tausend zu eins wetten, dass es

doch ihr Boot war“, sage ich leise zu Bastian, Flo und Su, als wir einige Schritte weitergegangen sind.

„Wenn beide sagen, dass sie nicht dort waren, muss es ja wohl stimmen“, ruft Flo und jagt hinter Su den Deich hinauf.

Wir schlendern über den Steg ins Café. Da inzwischen der Bus mit den 45 Gästen eingetroffen ist, ist im Café kaum noch ein Durchkommen, alle Tische besetzt. Wir drängen uns zum Kuchenbüfett durch. Tante Almut hantiert fieberhaft mit Tortenstücken und bedient zwischendurch die Kaffeemaschine.

„Ihr habt mir noch gefehlt“, stöhnt sie, als sie uns bemerkt. „Tut mir einen Gefallen und verschwindet. Ihr seht doch, dass ich alle Hände voll zu tun habe.“

„Wir verdursten, Mama“, stöhnt Bastian und rollt wild mit den Augen. Tante Almut stellt wortlos vier Limoflaschen auf den Tresen. Hastig ergreifen wir die Flaschen, verlassen schleunigst das überfüllte Café und suchen uns auf der Deichkrone einen ruhigen Sitzplatz. Genießerisch schlürfen wir die kalte Limo durch einen Strohhalm und beobachten das rege Treiben im Hafen. Die Besitzer der Segelboote stürzen förmlich in ihre Jollen und segeln auf den Strom hinaus. Das rote Feuerlöschboot hat die Aufmerksamkeit auf sich gezogen. Bald wimmelt es nur so von Segeln in der Nähe des Bananensandes.

Su, die nie lange stillsitzen kann, hüpft ein Stück auf dem Deich entlang und späht in unseren Garten hinab.

„Wo ist denn unser Kater, der alte Mäusejäger?“

„Oh Gott, der arme Bandit“, rufe ich. „Der sitzt immer noch auf dem Bananensand!“

„Hoffentlich hat er nicht aus Langeweile den Stall

angesteckt“, kichert Su. „Stellt euch vor, ein schwarzer Kater mit weißen Pfoten und nur einem Auge als Brandstifter!“

„Sei nicht blöd, Su“, weise ich sie unwirsch zurecht.

„Schade, dass Bandit nicht reden kann“, überlegt Flo eifrig.

„Der Kater hat bestimmt gesehen, wer den Stall angezündet hat!“

„Wieso angesteckt?“, brummt Bastian ungehalten. „Du hast ja eine blühende Phantasie, Flo. Das Feuer kann doch auch ganz andere Ursachen haben. Zum Beispiel ein Kurzschluss in einer elektrischen Leitung!“

Er wird unterbrochen, denn meine Mutter eilt über den Steg und bleibt außer Atem neben uns stehen. Wie immer, wenn sie bei Tante Almut als Serviererin aushilft, hat sie ihr schwarzes Kleid angezogen und eine kleine, weiße Schürze umgebunden.

„Sagt mal, Kinder, was ist denn nun eigentlich auf Hansens Hof passiert? Die Leute reden alle wirr durcheinander.“

„Auf der Insel hat es gebrannt, Mama“, gebe ich eifrig Auskunft. „Wir haben den Rauch vom Flugzeug aus gesehen und gleich per Funk das Feuerlöschboot herbeigerufen! Aber so schlimm kann es nicht gewesen sein!“

„Gott sei Dank. Ein Feuer bei diesem strahlenden Sommerwetter ist schon seltsam. Ja, wenn Gewitter wäre und ein Blitz im Reetdach eingeschlagen hätte, könnte ich schon eher verstehen, dass ein Feuer ausbricht“, sagt Mama nachdenklich. „So sieht das ja beinahe nach Brandstiftung aus. Ich muss wieder ins Café zurück. Almut wird inzwischen ungeduldig werden.“

Sie läuft über den Steg zurück. Ich starre ihr mit großen Augen nach. Nun redet Mama auch schon von Brandstiftung.

Ja, woher kommt das Feuer? Bandit kann es wohl kaum angezündet haben, wie Su vorhin im Spaß behauptet hat.

Kriegsrat

Bastian, Flo, Su und ich laufen am Ufer entlang und stehen kurz darauf vor einem breiten Schilfgürtel, der uns den Weg versperrt. Ein schmaler Pfad führt hindurch, der nur bei ablaufendem Wasser mit Schuhen begehbar ist. Jetzt hat die Flut eingesetzt, und das Wasser rauscht in den Schilfwald und überspült den Pfad.

Wir streifen unsere Sandalen ab und patschen barfuß durch das Wasser. Bastian hat seine weißen Tennissocken, die inzwischen längst eine graue Farbe angenommen haben, in die Taschen seiner Shorts gesteckt. Die Schilfhalme schlagen raschelnd über unseren Köpfen zusammen. Jedenfalls sind wir hier vor unwillkommenen Besuchern sicher. Die Leute wandern lieber über den Deich, wo sie trockene Füße behalten.

Plötzlich hört das Schilf wie abgeschnitten auf. Vor uns breitet sich ein schmaler Sandstreifen aus. Wir patschen einige Schritte landeinwärts, bis uns die Wellen nicht mehr erreichen können. Hier haben sich runzelige Weiden im Boden festgenistet. In der vordersten Weide befindet sich unser Ausguck.

Den Ausguck haben die drei Jungen gebaut, als sie

sich noch Holzaugen nannten und mit uns Mädchen, den Neunaugen, in Streit lagen. Inzwischen haben wir uns längst versöhnt und uns zu den Acht vom großen Fluss zusammengeschlossen. Kater Bandit und Goldhamster Husch zählen natürlich mit. Jetzt dürfen wir Mädchen den Ausguck natürlich mitbenutzen. Er ist wirklich große Klasse geworden.

Über einer soliden Plattform oben im Baum haben die Jungen an den Ästen zwei Bretter als Sitzplätze befestigt. Sogar ein Regal gibt es, auf dem immer Nägel, ein Hammer, ein Knäuel Bindfaden, ein Notizblock mit Kugelschreiber in einem leeren Gurkenglas, einige Limodosen und manch mal auch einige von Heikos Kaugummikugeln herumliegen; lauter wichtige Dinge, die wir unbedingt brauchen.

„Wartet“, befiehlt Bastian uns. „Ich klettere rauf und lasse die Strickleiter runter!“

Für Bastian mit seinen langen Beinen ist es ein Kinder spiel, an den breiten Ästen der Weide hinaufzuklimmen. Als er die Plattform erreicht hat, löst er das Ende der Strickleiter vom Nagel und wirft es herunter. Ich klettere geschwind hinauf. Kurz darauf erscheint Sus sommersprossiges Gesicht neben meinen Füßen, und einige Sekunden später folgt Flos blonder Lockenkopf.

„Wir müssen unsere Trinkvorräte mal auffrischen!“ Kritisch untersuche ich das Regal. „Hier liegen nur noch zwei Limodosen.“

„Darf ich Ausschau nach Heike und Heiko halten?“, bittet Flo und nimmt rasch das Fernglas, das Heiko auf dem Regal liegengelassen hat.

„Von mir aus“, nickt Bastian gnädig. „Aber häng es dir um den Hals, damit du es nicht womöglich runterfallen lässt. Ich glaube, dann würde Heiko vor

Zorn explodieren.“

„Das fürchte ich auch“, grinst Su und stibitzt rasch zwei Kaugummikugeln.

„Stopp“, bremse ich sie, „eine reicht!“

„Gerapita möchte auch eine“, erwidert Su mit unschuldigen Augen und hält ihrer Babypuppe eine blaue Kaugummikugel an den roten, aufgemalten Mund.

Ich zucke die Achseln. Soll Heiko sich doch selbst um seine Kaugummivorräte kümmern.

„Die HAI legt eben an der Mole an“, meldet Flo mit wichtiger Miene und nimmt das Fernglas von den Augen.

„Ich bin gespannt, wodurch das Feuer im Stall entstanden ist“, sage ich.

Als Heike und Heiko endlich auf die Plattform gekletrert sind, ziehe ich rasch die Strickleiter hoch. Wenn wir uns mäuschenstill verhalten, vermutet kein Fremder, der zufällig unten vorbeigeht, dass hier oben im Baum sechs Kinder und ein Goldhamster sitzen.

„Nun spuckt endlich aus, wie der Stall zu brennen angefangen hat!“ Gespannt halten wir den Atem an.

„Zum Glück ist nicht viel Schaden entstanden“, berichtet Heiko. Er lässt sich in aller Seelenruhe nieder und steckt eine Kaugummikugel in den Mund.

„Da das Feuerlöschboot rasch da war, ist nur das Stroh in einigen Boxen verbrannt, und ein paar Balken sind angekohlt. Die Kühe waren Gott sei Dank auf der Weide. Sonst wäre es wohl böse ausgegangen.“ Heike schüttelt sich noch jetzt vor Entsetzen, als sie daran denken muss.

„Aber wie ist es passiert?“, fragen wir vor Ungeduld zappelnd.

Heiko holt tief Luft. „Haltet euch fest! Es war Brandstiftung!“

„Brandstiftung?“, rufen wir verdutzt.

„Aber wer ... ?“

„Der Täter ist bereits ermittelt. Es ist der alte Kuddel.“

„Kuddel?“, frage ich entgeistert. Dann tippe ich an die Stirn und sage überzeugt: „Du spinnst, Heiko. Kuddel tut keiner Menschenseele etwas. Im Gegenteil, er ist immer hilfsbereit!“

„Die Feuerwehrleute haben ihn in der Scheune aufgestöbert“, berichtet Heiko unbeirrt weiter. „Er schlief dort selig seinen Rausch aus. In der Hosentasche hatte er jede Menge Streichhölzer!“

„Na und“, rufe ich empört, „das ist doch kein Beweis!“

„Recht hast du“, stimmt Heike mir zu. „Wir glauben auch nicht, dass Kuddel der Brandstifter war. Schließlich habe ich auch Streichhölzer in der Tasche. Damit habe ich die Kerzen auf Bastians Geburtstagstorte angezündet. Bin ich deshalb auch eine Verdächtige?“

„Du warst ja nicht auf der Insel, Heike, sondern im Restaurant auf dem Flughafen. Du hast also ein Alibi!“ Bastian zieht die Stirn in nachdenkliche Falten. „Aber Kuddel ist der einzige, der sich um die Zeit, als das Feuer ausbrach, auf der Insel aufgehalten hat. Das Stroh im Stall fängt ja nicht von allein an zu brennen.“

„Vielleicht war es gar keine Brandstiftung, sondern Kurzschluss“, meine ich. „Dann ist alle Aufregung umsonst.“

„Nein.“ Heike zerstört meine Hoffnungen. „Kurzschluss war es nicht. Das haben die Sachverständigen bereits herausgefunden.“

„Was sagt denn Kuddel zu der Anschuldigung?“, fragt Flo mit vor Entsetzen aufgerissenen Augen. Wie wir anderen auch, kann er einfach nicht glauben, dass der freundliche, hilfsbereite alte Mann ein Brandstifter sein soll.

„Kuddel kann sich an nichts mehr erinnern, außer dass er eine Flasche Rum leergemacht hat. Die Flasche lag ja noch neben ihm in der Scheune!“

„Halt!“ Ich springe erregt auf und stoße mir den Kopf an einem Ast. „Kuddel ist gar nicht allein auf der Insel gewesen! Als wir über den Bananensand geflogen sind, habe ich einen gelben Fleck zwischen den Büschen gesehen. Er lief in Richtung Strand. Und da ein Fleck bekanntlich nicht laufen kann, folgt daraus, dass es ein Mensch mit einem gelben Hemd gewesen sein muss. Die Person rannte auf das Boot am Ufer zu, und ich wette, dass es Ritas und

Franks Segelboot war. Auch wenn sie es hundertmal abstreiten!“

„Die Sache wird immer unheimlicher!“ Sus Gesicht rötet sich vor Aufregung.

„Wenn Kuddel den Hof nicht angesteckt hat“, sagt Flo erschrocken, „dann müssen es ja Rita oder Frank getan haben!“

„So ein Quatsch“, grunzt Heiko ungeduldig. „Warum sollten ausgerechnet diese beiden unseren Hof anstecken? Sie haben ja gar keinen Grund dazu. Außerdem sind sie hergekommen, um Urlaub zu machen.“

„Ja“, stimmt Heike überzeugt zu. „Rita war doch ganz begeistert von unserem schönen Bauernhof. Warum sollte sie ihn dann anzünden?“

Hm, das kommt uns allerdings auch sehr unwahrscheinlich vor. „Damit wären wir also wieder bei Kuddel angelangt!“ Bastian wackelt sorgenvoll mit den Ohren. Sonst finden wir es immer sehr lustig, wenn Bastian mit den Ohren wackelt, aber heute lacht nicht einmal Su darüber.

„Schade, dass Bandit nicht reden kann“, sagt sie enttäuscht.

„Der hat doch bestimmt alles genau mitgekriegt.“

„Da du gerade von Bandit sprichst, Su“, fällt Heike ihr ins Wort. „Wir haben euren Kater mitgebracht. Er lief uns am Anlegesteg über die Füße, da hat Heiko ihn kurzerhand ins Boot gesetzt.“

„Toll“, freue ich mich. „Wo steckt er denn?“

„Er hat so gezappelt, dass wir ihn auf der Mole laufen gelassen haben. Er findet den Weg zu eurem Haus ja allein!“ Plötzlich maunzt es laut unter uns. Wir stecken unsere Köpfe durch die Blätter der Weide und sehen gerade noch, wie Bandit mit einem gewaltigen Satz am Baumstamm hochspringt, sich an der Rinde festkrallt und wie der Blitz zu uns auf die Plattform klettert.

Wir streicheln ihn glücklich. Der Kater fängt behaglich an zu schnurren und rollt sich vor unseren Füßen zusammen. Dabei lässt er Heike nicht aus den Augen. Aber er lauert vergeblich. Husch lässt sich wohlweislich nicht blicken. Er schläft sicher unter Heikes Bluse.

Su stupst Bandit mit dem Finger an. „He, du schlauer Kater, wer hat das Feuer im Stall gelegt?"

Statt einer Antwort schnurrt Bandit umso lauter.

„Ratet mal, was ich neben der Stalltür gefunden habe", ruft Heiko plötzlich und zieht ein dunkelbraunes Gasfeuerzeug aus der Tasche.

„Gehört es Kuddel?", fragt Flo stockend.

„Nein. Es stehen die Initialen F. F. darauf."

„F. F. ist also der Brandstifter. Und nicht Kuddel."

Wir sind sehr erleichtert. Wir mögen den Alten

nämlich. „Zum Glück fängt in Diekhusen von niemandem der Name mit F. F. an!“ Su verzieht ihr Gesicht zu einem breiten Grinsen und deutet plötzlich auf Flo. „Außer Flo. Florian fängt mit F an. Bist du der Brandstifter?“

Sie lacht. Flo reißt Mund und Augen auf. „Mensch, ich war doch mit euch zur Tatzeit auf dem Flugplatz“, stammelt er.

„Außerdem habe ich gar kein Feuerzeug, und mein Nachname fängt mit einem L an und nicht mit einem F!“, bringt er erleichtert heraus. Erst jetzt merkt er, dass Su ihn nur verulken will. Wütend schneidet er ihr eine Grimasse. Su lacht zufrieden.

„Ich weiß, wessen Name auch mit einem F anfängt“, rufe ich aufgeregt. „Frank!“

„Stimmt“, sagt Bastian verblüfft. „Ob es Frank doch gewesen ist?“

„Ich verstehe überhaupt nichts mehr“, brummt Heiko. Er lässt eine Kaugummiblase vor seinen Lippen zerplatzen.

„Die Feuerwehrleute halten Kuddel für den Täter, und Sabine hält Frank für den Täter. Beide hatten doch überhaupt kein Motiv.“

„Das Motiv können wir später rauskriegen“, ereifere ich mich. „Erst einmal müssen wir feststellen, wie Frank mit Nachnamen heißt.“

„Und wie machen wir das?“

„Wir fragen ihn einfach. Rita und er haben uns doch eingeladen, sie auf dem Campingplatz zu besuchen. Genau das werden wir jetzt tun und sie dabei ein bisschen aushorchen. Verliere das Feuerzeug nicht, Heiko, es ist Beweisstück Nummer eins!“

„Okay!“ Bastian klatscht in die Hände. „Um auf den Bananensand zurückzufahren und in aller Ruhe meinen Geburtstag weiter zu feiern, dafür fehlt uns jetzt wohl die richtige Stimmung. Also los, auf zum Campingplatz!"

Auf dem Campingplatz

Bandit begleitet uns nur bis zu Haus Nummer 8. Dort verlässt er uns einfach und schleicht zielsicher den Deich hinab in unseren Garten, über die Terrasse auf das Haus zu. Mit der Pfote drückt er die nur angelehnte Terrassentür so weit auf, dass er gerade hindurchschlüpfen kann.

„Aha", grinse ich. „Ich weiß, was er vorhat, er sucht im Sessel ein weiches Plätzchen zum Schlafen."

Lachend schlendern wir auf der Deichkrone weiter. Viele Segler nutzen den warmen Sommerabend und tummeln sich mit ihren Booten auf dem Fluss. Auf der Mole stehen noch viele Spaziergänger und beobachten die Segler und die großen Schiffe weiter draußen in der Fahrrinne. Heiko bleibt stehen und hält sein Fernglas an die Augen.

„Das Segelboot von Rita und Frank liegt im Hafen", verkündet er. „Dann werden wir die beiden bestimmt auf dem Campingplatz treffen!"

Rechts unter uns breitet sich das Deichvorland aus, links unter uns stehen die Häuser von Diekhusen. Fast vor jedem Haus sitzen die Bewohner im Garten und genießen den Abend. Wir können von hier oben fast in ihre Tassen und Gläser sehen.

Bei Haus Nummer 3 ist niemand zu sehen. Hier wohnt der alte Kuddel mit seiner Tochter und seinem Schwiegersohn.

„Ob Kuddel im Gefängnis ist?“, fragt Su und schaudert ein wenig, als sie in den leeren Garten hinunterblickt.

„Quatsch!“, fährt Heiko sie ungnädig an. „Mein Vater hat ihn inzwischen nach Hause gebracht. Jetzt liegt er bestimmt im Bett und schläft seinen Rausch aus.“

Auf der Terrasse von Haus Nummer 1 legt Flos Mutter auf einem Gartentisch Wäsche zusammen. Die Zwillinge krabbeln in der Sandkiste umher, und anstatt Burgen zu bauen oder Kuchen zu backen, bewerfen sie sich mit Sand.

„Hallo, Mama“, ruft Flo in den Garten hinunter.

Seine Mutter blickt auf. „Hallo“, antwortet sie. „Wo wollt ihr denn hin?“

„Wir wollen zum Campingplatz.“

„Gut. Aber komm rechtzeitig mit Papa zum Abendessen zurück, Florian!“

Wir wandern weiter. Bald tauchen viele weiße Farbtupfer auf. Das sind die Wohnwagen und die Gebäude des Campingplatzes. Wir springen die Treppenstufen im Deich hinunter, öffnen die Pforte, die auf den Platz führt. Hier herrscht lebhaftes Kommen und Gehen, Lachen und Rufen. Viele Camper sitzen vor ihren Wohnwagen an Klapptischen, essen zu Abend, lesen Zeitung oder spielen Karten. Auf dem Spielplatz tummeln sich schreiend die Kinder.

„Hoffentlich finden wir Rita und Frank in all dem Gewimmel“, sorgt sich Heike.

„So schwer kann das doch nicht sein“, meine ich. „Wir klappern eben alle Wohnwagenreihen ab!“

Schließlich entdecken wir die beiden vor einem

kleinen Wohnwagen, der direkt an der Ligusterhecke steht, die den Platz umgibt. Frank liegt in seinem zitronengelben T-Shirt in einem Liegestuhl und blättert in einer Illustrierten. Rita steigt gerade die zwei Stufen aus dem Wohnwagen hinunter und stellt zwei Flaschen Bier auf den Klapptisch.

„Hallo, da sind ja unsere fleißigen Helfer von heute Mittag“, ruft sie. „Ist eure Geburtstagsparty zu Ende?“

„Wir haben eher Schluss gemacht“, erklärt Bastian. „Nachdem so viele aufregende Dinge passiert sind, ist uns die Ruhe zum Feiern vergangen.“

„Setzt euch doch zu uns“, lädt Rita uns freundlich ein.

„Leider haben wir nur zwei Campingstühle.“

„Macht nichts“, sagt Heiko großzügig. „Wir können uns auch auf die Wiese setzen.“

Frank blickt von seiner Zeitung auf. Er kramt umständlich in einer Brieftasche und zieht einen Zehnmarkschein hervor, den er Bastian reicht.

„Sei so gut und lauf rüber zur Rezeption. Dort kannst du für jeden von euch eine Limo kaufen!“

„Danke, Frank“, grinst Bastian. „Hilfst du mir tragen, Flo?“

„Okay, ich komme mit“, willigt Flo ein, „damit du an den
schweren Dosen nicht zusammenbrichst.“

„Bringt noch vier Tafeln Schokolade mit!“, ruft Rita ihnen nach. Sie hat ihr gelb-weiß gepunktetes Kopftuch abgenommen; wir sehen, dass sie lange rotblonde Haare hat, die sie im Nacken zu einem Pferdeschwanz zusammengebunden hat. Im Schneidersitz lassen wir uns vor Franks Liegestuhl nieder. Frank legt seine Zeitung beiseite, angelt nach dem

Flaschenöffner und schenkt zwei Gläser Bier ein.

Als Bastian und Flo mit den Limodosen zurückkommen, teilt Rita die Tafeln Schokolade in acht gleiche Hälften.

„Ich möchte keine“, wehrt Frank ab. „Bier und Schokolade, das schmeckt doch nicht.“

„Mir schon“, antwortet Rita ungerührt und teilt die verschmähte Schokolade unter uns auf.

„Wir haben in der Rezeption im Gästebuch nachgesehen“, raunt Bastian mir ins Ohr, „der Nachname von Rita und Frank fängt tatsächlich mit einem F an.“

Ich bin sehr zufrieden. Hab's mir doch gleich gedacht, dass das Feuerzeug Frank gehört.

Frank und Rita heben ihre Gläser und prosten uns zu. Wir trinken einen Schluck von der kühlen Limo und lassen die Schokolade genießerisch auf der Zunge zergehen.

Als Heike ein Stück von ihrer Schokoladenhälfte abbeißt, steckt Husch seinen Kopf aus ihrem Blusenausschnitt und schnuppert neugierig. Seine Barthaare zittern.

Beim Anblick des Goldhamsters verschluckt Rita sich vor Schreck an ihrem Bier. Als sie wieder Luft bekommt, japst sie: „Was klettert denn da an deiner Bluse rum, Heike? Etwa eine Maus?"

„Nein, das ist mein Goldhamster Husch!"

„Und der bleibt einfach so unter deiner Bluse sitzen?", fragt Frank verblüfft.

„Ja. Er fühlt sich eben wohl bei mir!"

„Dass du das aushalten kannst!", wundert sich Rita. „Ich würde laut schreien, wenn der Hamster an meinem Körper herumhuschen würde!"

„Warum denn?", fragt Heike verständnislos. „Er ist ganz lieb. Er beißt nicht einmal. Willst du ihn mal streicheln?"

„Lieber nicht", meint Rita zögernd. „Mag er Schokolade?"

„Nein. Süßigkeiten sind nichts für ihn. Aber wenn du ein Apfelstückchen für ihn hast?"

„Äpfel habe ich leider nicht!" Rita zuckt bedauernd die Schultern. „Im Wohnwagen liegen nur Tomaten und ein Salatkopf."

„Salat mag er auch gern!"

Rita verschwindet im Wohnwagen und taucht mit einem Salatblatt in der Hand wieder auf. Zaghaft hält sie es Husch hin.

„Keine Angst", kichert Su. „Husch beißt nicht!"

Der Hamster packt blitzschnell mit seinen kleinen Pfötchen zu und schiebt sich das Salatblatt in die Backentasche.

„Seine Backe ist ja beinahe dicker als er selbst", ruft Rita erstaunt.

Wir müssen lachen, weil sie so ein verdutztes Gesicht macht. Husch kümmert sich nicht weiter um Rita; er verschwindet wieder unter Heikes Bluse.

„Gefällt es euch hier in Diekhusen?“, frage ich Frank und Rita.

„Ja“, antwortet Frank. „Hier ist eine himmlische Ruhe, ausgenommen das Wochenende, dann ist der Campingplatz überfüllt mit Kurzurlaubern.“

„Habt ihr das Flugzeug gesehen, in dem wir über die Insel geflogen sind?“, erkundigt sich Bastian gespannt.

Frank runzelt die Stirn und denkt nach. „Nein, als ihr fort wart, haben Rita und ich den Bananensand umsegelt und anschließend das Boot im Hafen vertäut. Ich bin mit dem Auto nach Glückstadt zur Sparkasse gefahren, um Geld abzuheben. Na, und Rita war so erschöpft, dass sie sich im Wohnwagen schlafen gelegt hat.“

„Ja“, beteuert Rita schnell. „Ich muss sofort eingeschlafen sein, denn ich habe kein Flugzeuggeräusch gehört. Sonst hätte ich euch zugewinkt. Schmeckt die Limo?“

„Ja, danke. Stellt euch vor, Heiko hat den Rauch vom Flugzeug aus entdeckt“, erzähle ich weiter und beobachte Frank scharf. „Unser Pilot hat per Funk die Feuerwehr gerufen, sonst wäre der Bauernhof vielleicht abgebrannt!“

„Entsetzlich ist das alles“, sagt Frank. Ihm ist keinerlei schlechtes Gewissen anzumerken. Er scheint über das Feuer auf der Insel ehrlich bedrückt zu sein. Entweder kann er sich gut verstellen, denke ich, oder er ist wirklich unschuldig.

„Hoffentlich ist kein großer Schaden entstanden“, meint Frank.

„Zum Glück nicht“, erklärt Heiko. Er kramt in seiner Hosentasche und fördert das dunkelbraune Feuerzeug mit den Initialen F. F. ans Tageslicht. „Das habe ich neben unserem Stall gefunden. Gehört dir das?"

Wir beobachten Frank argwöhnisch, als er die Hand nach dem Feuerzeug ausstreckt und es verwundert von allen Seiten betrachtet.

„Es gehört mir, ohne Zweifel. Aber ich benutze es schon lange nicht mehr. Ich habe mir nämlich das Rauchen abgewöhnt, was meine Frau leider noch nicht geschafft hat!"

Hastig greift Rita nach dem Feuerzeug. Bilde ich mir das nur ein, oder zittern ihre Finger tatsächlich?

„Es muss mir aus der Tasche gefallen sein, als ich euch geholfen habe, die Campingstühle zum Bauernhaus zu bringen", sagt sie schnell und steckt es in die Tasche ihrer weißen Bermudashorts.

„Wie ist das Feuer überhaupt entstanden?" erkundigt sich Frank neugierig. „War es ein Kurzschluss?"

„Nein, es war Brandstiftung", erklärt Heike ruhig.

Frank springt überrascht auf. „Brandstiftung? Aber wer um alles in der Welt steckt mitten am helllichten Tag einen Bauernhof an? Hatte dein Vater Feinde?"

„Nein", wehrt Heike entrüstet ab.

„Dann kann es nur ein Verrückter gewesen sein!" Frank lässt sich wieder zurückfallen. „Na ja, schließlich brauchen wir uns nicht die Köpfe darüber zu zerbrechen. Das ist Sache der Polizei. Stimmt's, Rita?"

Rita zuckt verwirrt zusammen. Sie ist mit ihren Gedanken weit fort gewesen.

„Träumst du?", fragt Frank belustigt.

„Ein tolles Feuer müsste das gewesen sein", murmelt sie statt einer Antwort. Wir blicken sie verwundert an. Ihre Augen sind aufgerissen und glänzen wie im Fieber.

„Ist dir nicht gut, Rita?“, fragt Frank besorgt.

„Stellt euch vor, wie der ganze, riesige Bauernhof in Flammen aufgeht“, sagt sie. „Das müsste eigentlich ein phantastischer Anblick sein, anders als so ein kleiner Autobrand!“

Sie blickt durch uns hindurch, als sähe sie nicht uns, sondern ein Riesenfeuer. Ihre Stimme klingt seltsam gepresst.

„Ich finde das gar nicht toll“, unterbricht Heike empört die unheilvolle Stille. „Ich finde es furchtbar, wenn ein Haus abbrennt und all die vielen Sachen, die man gern hat, ein Raub der Flammen werden. Ich hasse Feuer!“

„Ich auch“, bekräftige ich die Worte meiner Freundin. Herausfordernd blicken wir Rita an. Plötzlich geht eine Veränderung mit ihr vor. Sie schaudert, als friere sie. Ihre Augen blicken wieder klar. Der seltsame Schleier, der über ihnen lag, ist verschwunden.

„Ihr habt ja recht“, sagt sie gezwungen. „Feuer ist schrecklich, aber auf irgendeine Art auch faszinierend!“

„Florian!“, ruft da eine bekannte Stimme. Beinahe erleichtert springen wir auf.

„Das ist mein Vater“, erklärt Flo ein wenig überstürzt.

„Wir müssen gehen! Vielen Dank für die Limo und die Schokolade!“

„Gern geschehen“, sagt Frank. „Kommt ruhig mal wieder vorbei, wenn ihr Lust habt!“

Kaum sind Rita und Frank aus unserem Blickfeld verschwunden, tippt Heiko sich an die Stirn. „Habt ihr gehört, was Rita über Feuer gesagt hat? Irgendwie hat die doch 'ne Meise!"

„Ich glaube, sie spinnt", stimmt Su zu. „Oder glaubt ihr, dass sie nur verzaubert ist wie der Froschkönig im Märchen?"

Mitleidig betrachte ich meine kleine Schwester.

„Jetzt spinnst du aber", sage ich nicht eben freundlich.

Su schneidet mir eine Grimasse.

„Habt ihr Ritas Augen gesehen, als sie vom Feuer geredet hat?", flüstert Flo und blickt sich vorsichtig um. „Sie hat einfach durch uns hindurchgeschaut, als ob wir Luft wären."

„Das tust du auch öfter, wenn du ein neues Buch liest", sagt Su zu ihm.

„Komisch ist das schon", meint auch Bastian. Nachdenklich wackelt er mit den Ohren. „Was nun? Jetzt haben wir mit den beiden geredet und herausgekriegt, dass ihnen das Feuerzeug gehört. Aber schlauer sind wir dadurch auch nicht geworden!"

„Das Feuerzeug war eine Niete", stimmt Heike zu. „Es ist Rita aus der Tasche gefallen, als wir ihr den Bauernhof gezeigt haben!"

„Vielleicht hat Frank gelogen und ist gar nicht mit dem Auto nach Glückstadt gefahren", überlege ich laut. Immer noch bin ich felsenfest davon überzeugt, dass es das Boot der beiden war, das ich vom Flugzeug aus am Strand der Insel gesehen habe.

„Ich frage meinen Vater", schlägt Flo vor. „Der sitzt die meiste Zeit im Büro und sieht alle, die ein- und ausgehen."

„Da seid ihr ja endlich", begrüßt uns Flos Vater. Er erwartet uns bereits an seinem kleinen Lieferwagen. „Wollt ihr alle mitfahren?"

„Na klar!“, rufen wir und klettern rasch auf die Ladefläche, außer Flo, der zu seinem Vater ins Führerhaus steigt.

Als der Lieferwagen in die Straße einbiegt, werden wir ordentlich hin und her geschüttelt. Das macht Spaß. Su quietscht laut, wenn sie gegen uns geschleudert wird. Langsam fahren wir an dem ausgebrannten Autowrack vorbei. Schwarz und unheilvoll liegt es in der Abendsonne. Vor Haus Nummer 1 hält der Wagen an.

„Schade, dass wir schon da sind“, sagt Su bedauernd und springt von der Ladefläche.

Flo kommt zu uns und flüstert uns mit einer Verschwörermiene zu: „Mein Vater hat gesehen, dass Frank heute Nachmittag tatsächlich mit dem Auto weggefahren ist. Er hat also nicht gelogen.“

„Na und? Das beweist gar nichts“, sage ich misstrauisch.

„Er kann genauso gut zum Hafen gefahren und mit der Segeljolle zum Bananensand zurückgesegelt sein, um den Stall anzuzünden, während Rita friedlich im Wohnwagen schlief und dachte, dass er nach Glückstadt zur Sparkasse fährt.“

„Ziemlich unwahrscheinlich“, brummt Bastian. „Ich schlage vor, wir schlafen erst einmal eine Nacht über die Sache. Bis morgen ist hoffentlich jemandem von uns eine Idee gekommen!“

„Okay, dann tschüs!“ Flo rennt hinter seinem Vater her zur Haustür.

„Bringt ihr uns noch zum Hafen?“ fragt Heike, als wir vor unserem Haus angelangt sind.

Su und ich nicken zustimmend. Nur Bastian brummt:

„Ihr findet den Weg zum Hafen auch ohne mich. Ich

hatte nämlich noch keine Zeit, meine Geburtstagsgeschenke in Ruhe anzusehen."

„Du bist wohl scharf drauf, dein Flugzeugmodell zu basteln?", stichelt Su.

„Wetten, dass er die Cessna morgen fertig hat?", sagt Heiko zu uns, als Bastian verschwunden ist. „Er legt bestimmt eine Nachtschicht ein!"

Lachend schlendern wir durch die Lücke im Deich zur Mole, an der die HAI brav an ihren Leinen schaukelt. Im Hafen herrscht immer noch reger Betrieb. Die letzten Segler kommen herein und vertäuen ihre Boote an den Bojen. Dabei fliegen Scherzworte hin und her.

Heike und Heiko springen in ihre Jolle. Su will unbedingt das Tau vom Poller nehmen und ihnen zuwerfen. Ich lasse ihr ihren Willen, obwohl das sonst meine Aufgabe ist.

Eine Weile stehen wir beide noch auf der Mole und blicken dem weißen Boot nach, das immer kleiner wird. Die Abendsonne steht schon tief über dem Wasser. Der Himmel leuchtet blutrot, als würde er brennen. Über die Wellen und das weiße Segel der HAI tanzen feurige Streifen.

„Die Engel backen Kuchen!" Su hebt ihre Babypuppe hoch und zeigt ihr begeistert den glühenden Himmel.

Ich wende mich schnell ab. Für solche Märchen bin ich zu alt.

Wer ist der Täter?

Su und ich holen Mama vom Café ab. Sie ist völlig erschöpft von dem vielen Hin-und-her-Laufen.

„Gut, dass Almut nicht jeden Tag so viele Gäste

hat“, stöhnt sie. „Man läuft sich ja die Füße wund!“

Zu Hause vertauscht sie erleichtert ihr schwarzes Kleid mit bequemen, grünen Leinenhosen und einem weißen Pulli, schlüpft aus den spitzen Schuhen mit den hohen Absätzen und läuft barfuß. Ich sehe, dass Mama todmüde ist. Sie tut mir leid, deshalb decke ich bereitwillig den Tisch, um ihr etwas Arbeit abzunehmen.

Es ist noch so warm, dass wir auf der Terrasse zu Abend essen können. Als ich zum zweiten Mal ein mit Aufschnitt, Käse und Brot gefülltes Tablett hinausbalanciere, stutze ich. Irgendetwas hat sich verändert. Ein Teller, ein Messer und eine Gabel sind verschoben. Argwöhnisch blicke ich in den Milchkrug. Gerade war er noch fast bis zum Rand gefüllt, jetzt ist er nur noch halb voll.

„Typisch, Su“, murre ich. „Sie kann nicht abwarten, bis es Abendbrot gibt“

Suchend spähe ich in den Garten. Sus Lieblingsplatz, die Schaukel im Apfelbaum, schwingt im Abendwind leer hin und her. Sus sommersprossiges Gesicht und ihre rotblonden Zöpfe sind nirgends hinter den Büschen zu entdecken. Nur Bandit sitzt friedlich auf der obersten Terrassenstufe und tut so, als ob er kein Wässerchen trüben könne. Schnurrend leckt er sich den Bart. Aha, nun weiß ich, wer genascht hat. Nicht Su, sondern Bandit ist der Übeltäter. Sein weißer Milchbart verrät ihn.

„Bandit, du darfst doch nicht auf den Tisch springen und heimlich Milch trinken“, schimpfe ich mit ihm.

Ich muss mir Mühe geben, dabei nicht zu lachen. Bandit kneift sein gesundes Auge zu einem schmalen Schlitz zusammen, als wolle er mir zublinzeln.

Dabei fährt seine kleine, rosa Zunge weiterhin genussvoll über die Milchreste an seinem Kinn.

Plötzlich spitzt der Kater die Ohren. Ein Auto ist auf unsere Auffahrt gefahren. Die Tür klappt zu, und kurze Zeit später kommt Papa um die Garagenecke zur Terrasse.

„Oh, wird heute draußen zu Abend gegessen?" Schnuppernd betrachtet er den Tisch.

„Hallo, Papa, hast du endlich Feierabend?"

„Ja. Mein Dienst ist für heute beendet. Wo steckt der Rest der Familie?"

„Mama macht Tee, und Su ... , ich weiß nicht, wo sie ist, vielleicht in ihrem Zimmer."

„Dann will ich zuerst mal Mama begrüßen!" Gutgelaunt verschwindet Papa im Haus. Ich folge ihm, um Tassen und Kandiszucker zu holen. Als Papa, Mama, Su und ich uns kurze Zeit später auf der Terrasse einfinden, sehen wir gerade noch einen schwarzen Schatten vom Tisch springen und unter den Rhododendronbüschen verschwinden.

„Der Kater kann's nicht lassen!", rufe ich. „Jetzt müssen wir den Rest Milch trinken, den Bandit uns übriggelassen hat!"

„Urks", macht Su und verzieht angeekelt das Gesicht.

„Sabine, hol eine andere Tüte Milch", bestimmt Mama.

„Den Rest hier im Krug lassen wir Bandit!" Mama gießt für sich und Papa Tee ein.

„Möchtest du Kandiszucker, Papa?", fragt Su gespannt.

„Nein", grinst Papa. Er und ich ahnen schon, was jetzt kommt. Prompt fragt Su: „Kann ich dein Stück Kandis haben, Papa?"

„Du bist eine Naschkatze", sagt Mama. „Aber nur ein Stück. Denk an deine Zähne!"

Su wühlt so lange in der Dose, um nur ja das dickste Stück Kandiszucker zu finden, bis Mama ärgerlich wird. „Wenn du nicht endlich deine Finger aus der Zuckerdose nimmst, bekommst du gar keinen Kandis, Su!"

Es klirrt laut, als Mama mit energischem Schwung den Deckel auf die Porzellandose legt.

Die Sonne ist bereits untergegangen, der Deich wirft seinen langen Schatten über die Terrasse.

„Mir tun die Füße weh!", stöhnt Mama. „Bis acht Uhr habe ich Almut geholfen, die Gäste im Café zu bedienen. Habt ihr wenigstens schön Geburtstag gefeiert?", fragt sie Su und mich.

„Oh ja", antworte ich. „Jedenfalls war es ein aufregender Tag."

„Das kann man wohl sagen", stimmt Su zu und beißt herzhaft in ein Butterbrot.

„Papa, weißt du überhaupt schon, was heute passiert ist?" Su setzt eine wichtige Miene auf.

Papa macht ein erwartungsvolles Gesicht. „Wir sind den ganzen Nachmittag mit dem Kreuzer in der Elbmündung rumgeschippert und haben von Diekhusen nichts gehört und gesehen. Was ist denn Aufregendes passiert?"

„Heiko, Sabine und Bastian waren heute fliegen, und jetzt müssen wir noch 'nen Brandstifter kriegen", singt Su übermütig und schlägt mit dem Messer den Takt auf den Tellerrand.

„Wie bitte?" Papa blickt Su überrascht an. „Dichtest du Märchen?"

„Was Su gesagt hat, stimmt, Papa", erkläre ich. „Zuerst ist am Deich ein Auto in Flammen aufgegangen. Dann durften wir mit Hansens nach Hamburg zum Flughafen fahren und über Diekhusen und den Bananensand fliegen. Dabei hat Heiko entdeckt, dass aus der Stalltür ihres Hofes schwarzer Rauch quoll!“

„Halt“, unterbricht Papa. „So schnell komme ich nicht mit. Erzähl mal alles der Reihe nach, Sabine!“

Ich gebe mir Mühe, alle Vorkommnisse des Tages ausführlicher zu schildern, sodass Papa sich schließlich ein genaues Bild machen kann. Empört sage ich: „Stellt euch vor, die Feuerwehrleute meinen, dass Kuddel den Stall angezündet hat, weil er allein auf der Insel war. Ausgerechnet Kuddel, der keiner Fliege etwas zuleide tut! Dass ich nicht lache!“

„Ich kann mir auch nicht vorstellen, dass es Kuddel war“, stimmt Mama zu. „Andererseits war er aber betrunken, und es kommt öfter vor, dass Betrunkene manchmal Dinge tun, an die sie sich hinterher, wenn sie nüchtern sind, nicht mehr erinnern können!“

„Kuddel trinkt doch oft ein Glas über den Durst!“ Ich versuche verzweifelt, den alten Mann zu verteidigen. „Bis jetzt hat er noch nie irgendetwas angezündet, wenn er betrunken war. Er liegt dann nur friedlich irgendwo und schläft seinen Rausch aus!“

Mama zuckt die Schultern. „Ich verstehe es auch nicht.

Möchtest du noch Tee, Ulf?“

„Ja, bitte“, nickt Papa.

„Ich finde es gemein, dass du Kuddel auch verdächtigst!“ Ich werfe Mama einen grimmigen Blick zu.

„Reg dich doch nicht so auf, Sabine“, lenkt Papa ein. „Die Wahrheit wird sich schon herausstellen.“

„Wird sie nicht“, antworte ich patzig. „Alle glau-

ben nämlich, dass es Kuddel war, nur weil er zur Tatzeit in der Scheune schlief. Aber ich weiß genau, dass er unschuldig ist!"
„Du kennst anscheinend den Brandstifter?"
„Ja", behaupte ich überzeugt.
„Ach nein. Wer ist denn deiner Meinung nach der Brandstifter?"
„Irgendjemand vom Campingplatz", sage ich ausweichend. „Aus Diekhusen würde niemand Hansens Bauernhof anstecken, das ist doch sonnenklar."
„Dass es jemand vom Campingplatz sein soll, ist einfach gesagt." Auf Papas Stirn erscheint eine ärgerliche Falte.
„Verdächtigen kann man schnell jemanden. Aber wie ist es mit den Beweisen? Hast du die auch?"
Ich denke an Ritas und Franks Segelboot, dass ich vom Flugzeug aus am Bananensand gesehen habe. Aber die beiden streiten ja ab, dass es ihr Boot war.
„Nein, ich habe keine Beweise", sage ich kleinlaut.
„Im Café haben sich die Gäste den ganzen Nachmittag die Köpfe heiß geredet", erzählt Mama. „Jedenfalls haben Sachverständige festgestellt, dass das Feuer im Auto auch durch Brandstiftung entstanden ist!"
„Was! Auch Brandstiftung?" Su und ich sperren Mund und Augen auf.
„Womöglich ist das derselbe Täter gewesen", kombiniere ich sofort.
„An einem Tag zwei Brände zu legen ist wohl ein bisschen viel", meint Papa.
„Außer bei Gewittern hat es hier im Dorf noch nie gebrannt . . . und jetzt gleich zweimal hintereinander, das ist wirklich merkwürdig", stimmt Mama zu.

„So etwas macht doch nur jemand, der nicht ganz richtig im Kopf ist!“, ruft Su und tippt an ihre Stirn.

„Hm“, brummt Papa nachdenklich. „Es gibt tatsächlich Menschen, die äußerlich ganz normal wirken, aber aus einem inneren Zwang heraus Brände lege.“

„Wirklich?“ Ich bin fassungslos.

„Ja. Diesen krankhaften Trieb zur Brandstiftung nennt man Pyromanie. Solche Leute, Pyromanen, sind psychisch krank, sie brauchen ärztliche Behandlung.“

Su lauscht interessiert. „Woran kann man die Leute erkennen, die so sind?“

„Überhaupt nicht an äußerlichen Kennzeichen“, meint Papa. „Sie haben keine rötlichen Bläschen wie du, als du die Windpocken hattest, und auch keine dicke Backe, wie man sie bei Mumps hat. Sie sind nicht körperlich, sondern seelisch krank und benehmen sich meistens so normal wie du auch.“

„Na, ich weiß nicht, ob Su sich immer normal benimmt.“ Ich kann es nicht lassen, meine Schwester aufzuziehen. Sie rächt sich sofort, indem sie mir unter dem Tisch kräftig gegen das Schienbein tritt.

„Au“, schreie ich. „Sie reagiert doch noch normal!“

„Nun lasst uns mal von etwas Schönerem reden“, schlägt Mama vor und stellt die Teller zusammen. „Die oder den Brandstifter zu verhaften ist schließlich Sache der Polizei. Morgen ist das Hafenfest. Hast du deinen Nachtdienst tauschen können, Ulf? Ich habe keine Lust, in diesem Jahr wieder ohne dich hinzugehen!“

„An Tanzpartnern hat es dir bestimmt nicht gemangelt, Uta“, lacht Papa.

„Ich möchte aber auch einmal mit dir zusammen

ausgehen“, sagt Mama beharrlich.

„Beruhige dich, Schatz, ich habe frei. Ein Kollege springt für mich ein.“

„Himmlisch!“ Mama strahlt wieder übers ganze Gesicht, genau wie Su, finde ich, wenn es ihr gelungen ist, ihren Willen durchzusetzen.

Von jetzt an dreht sich das Gespräch nur noch um das Hafenfest. Mama kann sich nicht entscheiden, ob sie ein Kleid oder ihren Hosenanzug anziehen soll. Papa springt auf, um bei Onkel Henning nachzufragen, ob er auch genügend Bier und Würstchen eingekauft hat. Su hopst wie ein Gummiball um den Tisch herum und singt in einem fort:

„Morgen ist das Hafenfest! Morgen ist das Hafenfest!“ Außer mir denkt niemand mehr an den armen Kuddel.

Aber ich denke an ihn.

Nachdem ich geholfen habe, den Tisch abzuräumen, schleiche ich heimlich davon. Ich möchte ungestört auf dem Deich sitzen und in Ruhe nachdenken.

Leider war ich nicht vorsichtig genug, denn plötzlich steht Su mit ihrer Puppe Gerapita neben mir.

„Wollen wir Verstecken spielen, Sabine?“

„Stör mich nicht, ich bin beschäftigt!"

„Womit denn?", fragt Su verdutzt. „Du tust doch nichts, außer auf den Fluss gucken!"

„Eben", knurre ich unfreundlich. „Ich will allein sein. Verschwinde."

„Bäh, du alte, muffelige Ziegel", schreit Su erbost. Beleidigt zieht sie mit ihrer Puppe wieder ab.

Dafür gesellt sich Bandit zu mir. Er drückt sich eng an meine Seite, und ich kraule ihn unter dem Kinn. Ich denke darüber nach, was Papa über Pyromanie erzählt hat, über diesen krankhaften Trieb, Brände zu legen. Unwillkürlich sehe ich Rita vor mir, den seltsamen Ausdruck in ihrem Gesicht, als sie von Feuer gesprochen hat. Aber nein, Rita kann den Stall nicht angezündet haben. Sie lag zur Tatzeit im Wohnwagen und schlief, während Frank mit dem Wagen weggefahren ist. Das hat Flos Vater bestätigt. Wie kam dann ihr Segelboot an den Strand der Insel? Denn dass es Ritas und Franks Boot war, das ich am Strand des Bananensandes gesehen habe, davon bin ich immer noch felsenfest überzeugt. Wenn Rita und Frank nicht mit dem Boot gefahren sind, müsste ja ein anderer die Jolle ausgeliehen haben. Ich schüttele verwirrt den Kopf. Die Angelegenheit wird immer verwickelter.

Als es dunkel über dem breiten Strom wird und in den roten Leuchttonnen die Lichter aufblitzen, sitze ich immer noch auf dem Deich, ohne dass ich zu einem brauchbaren Ergebnis gekommen bin.

Ein Ausflugsdampfer kehrt von der Felseninsel Helgoland, die weit draußen in der Nordsee liegt, zurück. Alle Fenster an der Backbordseite sind hell erleuchtet. Die Lichter hüpfen wie gelbe Farbtupfer über die Wellen. Musikfetzen schallen zu mir herüber. Ich stelle mir vor, wie dort hinter den erleuchteten Fenstern die Menschen fröhlich und ausgelassen tanzen und keine Ahnung haben, was heute auf der Insel passiert ist, an der sie gerade vorüberfahren. Die Weilen klatschen gegen die Mole und rollen donnernd am Strand entlang.

Bedrückt stehe ich auf und klettere den Deich hinab. Bandit folgt mir leise maunzend. Er möchte noch weiter gestreichelt werden.

Aus dem Apfelbaum summt es leise. Das ist Su, die mit ihrer Puppe auf der Schaukel sitzt. Ich kann nur ihre Umrisse erkennen, so dunkel ist es inzwischen geworden. Mama und Papa sitzen bei Kerzenlicht im Garten und trinken ein Glas Wein. Mama hat ihre schmerzenden Füße auf einen Hocker gelegt.

„Willst du schon zu Bett, Sabine?", wundert sie sich, als ich ihr eine gute Nacht wünsche. Meistens kann ich abends kein Ende finden und in den Ferien schon gar nicht.

„Ach", gähne ich, „irgendwie bin ich müde von dem aufregenden Tag heute. Und morgen ist das Hafenfest. Da muss ich fit sein!"

„Dann schlaf gut."

Ich gebe Mama und Papa einen Gutenachtkuss und steige die Treppe zu meinem Zimmer hinauf. Nachdenklich setze ich mich an meinen Schreibtisch und nehme meinen Zeichenblock zur Hand. Wie von selbst entsteht Hansens Bauernhof auf dem Papier. Blutrot lodern die Flammen aus seinem riesigen Strohdach.

Wer so etwas tut, muss wirklich verrückt sein, überlege ich.

Eine Weile betrachte ich erschrocken mein Werk. Dann reiße ich das Blatt in unzählige kleine Schnipsel und werfe sie in den Papierkorb.

Sabine geht ein Licht auf

Ich liege faul im Bug der kleinen Jolle. Der Bootskörper hebt und senkt sich unter mir im Takt der anrollenden Wellen. Das Wasser schäumt neben dem Dollbord vorbei. Ich fasse mit der Hand in die Gischt, aber sie zerrinnt mir zwischen den Fingern. Über mir bauschen sich die weißen Segel. Einige große Silbermöwen begleiten unermüdlich die HAI.

Es ist ein herrlicher Tag. Der Fluss spiegelt die blaue Farbe des Himmels wider. Außer der HAI sind noch unzählige Segelboote auf dem Strom. Die Wagemutigen von ihnen gleiten bis zur tiefen Fahrrinne, die hinter dem Bananensand verläuft und in der die Seeschiffe stromabwärts zum Meer oder stromaufwärts nach Hamburg ziehen.

„Mist, dass morgen schon Sonntag ist“, stöhnt Heiko.

„Übermorgen fängt das Elend mit den Paukern wieder an.“

Heiko sitzt wie immer auf dem Staukasten im Heck und hält die Ruderpinne.

„Ich freue mich schon wieder auf die Schule“, gibt Bastian an und wackelt zur Bekräftigung mit den Ohren.

Heiko muss unwillkürlich lachen. „Du kannst dich gut freuen. Du schreibst ja nur Einsen und Zweien. Was soll ich da machen mit meinen Fünfen?“

„Lernen, mein kleiner Bruder“, schlägt Heike ganz ernst vor.

„Etwas Besseres fällt dir wohl nicht ein?“ Heiko

verzieht angewidert das Gesicht.

„Hört doch auf mit der Schule. Das hat Zeit bis Montag!“ Mit einer kurzen Handbewegung scheuche ich die unliebsamen Gedanken beiseite.

Goldhamster Husch steckt neugierig seinen Kopf aus Heikes T-Shirt. Seine kleine Nase bewegt sich unablässig beim Schnuppern.

„Du kannst ruhig rauskommen“, ermuntert Heike ihn.

„Bandit ist nicht an Bord!“

Als hätte Husch sie verstanden, flitzt er blitzschnell an Heikes Arm hinunter, macht Männchen und schaut Flo bittend an.

„Ich weiß, was du willst“, ruft Flo begeistert und kramt in seinen Hosentaschen, was gar nicht so einfach ist, da Heike und Bastian dicht gedrängt neben ihm sitzen.

Flo hält dem Hamster seine Handflächen hin. Zwischen Gummibändern, einigen Glasmurmeln und zwei Herzmuscheln, die ihn nicht im Geringsten interessieren, entdeckt Husch zwei Sonnenblumenkerne. Rasch stopft er sie in seine Backentaschen.

„Mehr hab ich nicht“, sagt Flo entschuldigend. Er verstaut seine Schätze wieder in den Hosentaschen, während Husch an Heikes Arm hinaufklettert.

Bastian zieht Notizblock und Kugelschreiber hervor.

„Los, ihr Acht vom großen Fluss. Nun lasst es mal gute Einfälle regnen. Ich hoffe, ihr habt letzte Nacht ausgiebig über die Brandstiftungen nachgedacht.“

Wir machen lange Gesichter.

„Also, schießt los“, knurrt Bastian und zückt den Kugelschreiber. „Hat es euch die Sprache verschlagen? Ich höre nichts."

Wir schütteln bedrückt die Köpfe. Niemandem ist eine gute Idee gekommen.

„Mir auch nicht", gibt Bastian seufzend zu.

„Kein Wunder", stichelt Su. „Du hast bestimmt bis zum Morgengrauen an deiner Cessna gebastelt und an nichts anderes als an Flugzeuge gedacht."

Bastian setzt seine erstaunte Miene auf. „Du bist ein schlaues Kind, Su!"

„Wird auch höchste Zeit, dass du das endlich merkst", gibt Su zurück.

Heike, die fürchtet, dass das Wortgeplänkel zwischen Bastian und Su in einen handfesten Streit ausartet, unter bricht ungeduldig: „Wenn ihr anfangt euch zu zanken, können wir Kuddels Unschuld nicht beweisen. Los, Bastian, lies vor, was du bis jetzt aufgeschrieben hast."

Bastian schlägt den Notizblock auf.

„Welche Gründe sprechen für Kuddels Schuld:

1. Kuddel war zur Tatzeit auf der Insel
2. Kuddel hatte Streichhölzer bei sich
3. Kuddel war betrunken und hat vielleicht den Stall in seiner Trunkenheit angezündet

Zu Kuddels Entlastung stehen hier folgende Punkte:

1. Kuddel hat noch nie irgendetwas angesteckt, wenn er betrunken war
2. Sabine behauptet, vom Flugzeug aus Ritas und Franks Segelboot am Ufer der Insel gesehen zu haben
3. Eine fremde Person mit gelber Bluse oder T-Shirt lief zur Tatzeit durch die Büsche auf den Strand zu (laut Sabines Aussage)"

„Du hast vergessen aufzuschreiben, dass Frank das

dunkelbraune Feuerzeug gehört", erinnert Flo, der aufmerksam zugehört hat.

„Das Feuerzeug ist unwichtig", knurrt Bastian gereizt. „Es ist Rita aus der Tasche gefallen, als sie uns geholfen hat, den Campingtisch und den Stuhl zum Hof zu bringen."

„Ich wird' verrückt!"

Plötzlich geht mir ein Licht auf. Ich richte mich so ungestüm auf, dass ich bei der Schräglage des Bootes beinahe über Bord gerutscht wäre.

„Mensch, das Feuerzeug ist der Beweis, dass Rita uns angelogen hat. Sie ist später noch einmal auf dem Bananensand gewesen!"

„Wieso?" Die Freunde starren mich verständnislos an. Mein Gesicht fängt vor Aufregung an zu glühen.

„Erinnert ihr euch, was Rita auf dem Campingplatz zu uns gesagt hat?"

„Dass ihr das Feuerzeug aus der Tasche gefallen ist", sagt Bastian ärgerlich. „Das haben wir mittlerweile alle mitgekriegt, außer dir, wie mir scheint."

Ich lasse mich nicht aus der Ruhe bringen. „Okay. Was hatte Rita an, als sie mit uns zum Bauernhof ging? Etwa ihre Bermudashorts?"

„Nein, einen weißen Bikini", überlegt Su und dreht ununterbrochen an ihren Zopf enden. „Aber was hat das mit dem Feuerzeug zu tun?"

„Na, hat ein Bikini etwa Taschen?"

Heike schlägt sich mit der Hand gegen die Stirn. „Du bist super, Sabine!", gibt sie endlich mal zu.

„Toll", brummt Bastian mit süß-saurer Miene. Ich sehe ihm seine Enttäuschung an, weil ihm diese Tatsache nicht selbst auf gefallen ist.

„Dann muss Rita das Feuerzeug bei ihrem zweiten Besuch auf der Insel verloren haben", sagt Heiko

überwältigt.
„Mensch, dass uns ihre Flunkerei nicht gleich aufgefallen ist."

Ich sonne mich förmlich in den bewundernden Blicken der Freunde und strecke meine Nase gleich zwei Zentimeter höher in die Luft.

„Aber warum hat Rita gelogen?", erkundigt sich Flo. „Sie hätte doch gleich sagen können, dass sie das Feuerzeug beim zweiten Besuch auf dem Bananensand verloren hat!"

„Mensch, bist du doof!", ruft Su nicht gerade höflich. „Es darf doch niemand wissen, dass sie später noch einmal heimlich auf der Insel war!"

„Warum nicht?"

„Weil sie es war, die den Stall angesteckt hat", trumpft Su auf. „Sie hat eine Piro ... Piro ... ist ja auch egal!"

„Was hat sie?", staunt Flo und fährt mit beiden Händen verwirrt durch seine Locken.

„Du brauchst dir nicht gleich die Haare zu raufen, Flo. Das ist nämlich eine Krankheit", erklärt Su stolz. „Wie Masern oder Windpocken, nur dass man nicht im Bett liegen muss, sondern immerzu irgendetwas anzünden will, Pyromanie eben."

„Hast du dir das ausgedacht?" Flo sieht Su misstrauisch von der Seite an.

„Nein", antwortet sie unwirsch. „Das hat Papa erzählt. Frag Sabine, die war dabei."

„So etwas gibt es." Bastian nickt zustimmend. „Ich habe mal darüber gelesen."

„Glaubt ihr denn, dass Rita diese Krankheit hat?", fragt Heike stockend. Es kommt ihr gar zu unwahrscheinlich vor.

„Klar!", rufe ich überzeugt.

„Und Frank? Ob der auch daran beteiligt war?“

„Das ist nicht gesagt“, meint Bastian. „Es könnte sein, dass Frank tatsächlich nach Glückstadt zur Sparkasse gefahren ist. Inzwischen ist Rita auf dem Deich zum Hafen zurückgelaufen und allein mit dem Boot zur Insel gesegelt.“

„Ja“, nicke ich zustimmend. „So muss es gewesen sein.“

„Ihr habt noch eine Möglichkeit vergessen“, erinnert uns Heike. „Genauso gut könnte irgendein Fremder das Boot genommen haben und zur Insel gefahren sein.“

„Das ist sehr unwahrscheinlich“, meint Heiko nach kurzem Nachdenken. „Es gehört eine ganze Portion Frechheit und Unverschämtheit dazu, einfach ein fremdes Boot zu klauen. Der Besitzer könnte ja alles vom Ufer aus beobachten und die Wasserschutzpolizei alarmieren.“

„Lasst uns doch Kuddel besuchen und ihn fragen, ob er irgendetwas bemerkt hat“, schlägt Su vor.

„Okay“, stimmt Heiko zu. „Klar zur Wende!“

Er reißt die Pinne herum. Bastian, Su, Heike und Flo wechseln rasch auf die Backbordbank hinüber, als der Großbaum herumschwingt. Das schlaff gewordene Segel füllt sich knatternd mit Wind, und die HAI gleitet rasch auf den Hafen von Diekhusen zu. Heiko lässt das Großsegel herab. Unsere schnelle Fahrt wird abrupt gebremst. Beinahe sanft legt die HAI an der Mole an.

Es ist Flut. So können wir bequem vom Boot aus auf die Mole hinübersteigen, ohne erst die Eisensprossen in der Mauer benutzen zu müssen. Auf dem Poller sitzt Bandit. Er miaut uns freudig an und springt rasch herunter, als Bastian das Tau um den

Poller legt. Bandit blickt uns verwundert nach, als wir losrennen, ohne uns noch einmal nach ihm umzusehen. Wir haben es furchtbar eilig, zu Haus Nummer 3 zu kommen. Denn dort wohnt der alte Kuddel.

Bereits vom Deich aus spähen wir neugierig in den Garten. Auf der Terrasse liegt Kuddel in einem Liegestuhl. Er hat die Hände über dem Bauch gefaltet. Ob er schläft, können wir nicht erkennen, denn er hat seine Schirmmütze aufs Gesicht gelegt. Wir springen den Deich hinunter und klettern über den niedrigen Zaun. Kater Bandit hat es bedeutend einfacher. Er macht sich ganz schlank und schlüpft zwischen den Zaunlatten hindurch.

„Hallo, Kuddel, wie geht's?“ Im Halbkreis gruppieren wir uns um den Liegestuhl.

Kuddel schiebt hastig seine Mütze zurück.

„Mein Gott, habt ihr mich erschreckt!“

„Tut uns leid.“

„Macht nichts. Wird sowieso Zeit, dass ich aufstehe!“

Er streicht seine strähnigen weißen Haare zurück und blinzelt uns zu, wobei sich die vielen Falten in seinem Gesicht lustig verziehen.

„Mensch, Kuddel!“, platzt Heiko heraus. „Was ist gestern auf unserem Hof nur passiert?“

„Deine Eltern werden ja schön sauer auf mich sein“, stöhnt Kuddel. „Meine Tochter hat mir schon die Hölle heiß gemacht, weil ich den Bauernhof angezündet haben soll.“

„Na und? Warst du es?“, fragen wir und halten vor Spannung den Atem an.

„Ich kann mich an gar nichts mehr erinnern“, bringt Kuddel gequält hervor. „Was glaubt ihr, wie ich mir heute Morgen schon mein Gehirn zermartert habe. Meine Erinnerung ist weg, vollkommen weg!"

„Du warst es bestimmt nicht, Kuddel", versucht Heike zu trösten. Sie fühlt mit dem alten Mann.

„Aber wer soll es dann gewesen sein? Außer mir war doch niemand auf der Insel!"

„Bist du da so sicher, Kuddel?", mische ich mich aufgeregt ein. „Denk doch mal nach, hast du nicht doch jemanden bemerkt, der über den Hof lief? Vielleicht eine Frau in einem gelben T-Shirt und weißen Shorts?"

Wir starren Kuddel wie gebannt an. Kuddel schließt die Augen, damit er besser nachdenken kann. Wir verhalten uns mäuschenstill, um ihn nur ja nicht zu stören.

Nach einer Ewigkeit, wie es uns scheint, öffnet Kuddel die Augen und schüttelt ratlos den Kopf.

„Tut mir leid, Kinder, aber ich habe niemanden gesehen. Sofort, nachdem ich das Boot am Steg vertäut hatte, bin ich zum Hof gegangen, um in der Scheune den Leiterwagen zu reparieren. Und dort stand eine fast volle Flasche Rum."

„Ja", nickt Heike bestätigend. „Mama hat sich schon Vorwürfe gemacht, dass sie vergessen hat, die Flasche Rum wieder mit in die Küche zu nehmen. Sie war gerade beim Anrühren des Kuchenteigs und wollte etwas Rum in den Teig geben, als das Telefon läutete. Es war der Anruf, dass wir einen Rundflug machen durften. Mit der Flasche in der Hand ist Mama zu Papa in die Scheune gelaufen, um ihm von dem Flug zu erzählen. Na, und dann hat sie die Flasche dort wohl einfach stehen lassen!"

„Und ich konnte nicht widerstehen", seufzt Kuddel

bedrückt. „Einen winzigen Schluck wollte ich nehmen. Das ging immer so weiter, bis die Flasche plötzlich leer war."

„Hättest du nicht so viel getrunken, Kuddel, dann wärst du auch nicht verdächtigt worden", sagt Flo vorwurfsvoll.

„Ihr habt ja recht", meint Kuddel zerknirscht. „Nun sitz ich ganz schön in der Tinte. Dabei weiß ich nicht einmal, ob ich den Stall angezündet habe oder nicht!"

„Wir Acht vom großen Fluss helfen dir aus der Patsche", tröstet Heiko überzeugt. „Keine Bange!"

Kuddel betrachtet uns so hoffnungslos, als zweifle er insgeheim an unseren Fähigkeiten.

„So", sagt Bastian überzeugt. „Wir gehen jetzt und denken nach, wie wir beweisen können, dass du nicht der Brandstifter warst, Kuddel. Wir werden den wirklichen Täter finden, verlass dich drauf!"

„Ist ja gut von euch gemeint, Kinder!" Trübsinnig blickt Kuddel uns nach, als wir über den Zaun klettern und den Deich hinaufsteigen.

„Bandit, wo bleibst du denn?", rufe ich.

Aber mein Rufen trifft auf taube Ohren. Der Kater tut einfach so, als ob er mich nicht hört. Er hat Mischka, Kuddels Tigerkatze, entdeckt, die mitten auf dem Rasen sitzt und gelangweilt hinter uns her blickt, als interessiere Bandit sie überhaupt nicht. Hocherfreut schleicht Bandit auf Mischka zu.

„Den sind wir fürs erste los", sagt Bastian achselzuckend.

„Mischka ist ihm im Augenblick wichtiger als du, Sabine", lacht Heike.

Ein Köder wird ausgelegt

Missmutig balancieren wir auf das von der Flut umspülte Stack hinaus. Jetzt ist es schon Nachmittag, und noch immer sind wir nicht zu einer Lösung gekommen, wie wir Kuddels Unschuld beweisen können.

Ein Stack ist ein mit Steinen befestigter Damm, der vom Ufer aus in den Fluss hineingebaut ist. Dadurch soll das Ufer vor der Strömung geschützt und gleichzeitig die Fahrrinne für die großen Schiffe tief gehalten werden.

Jetzt, bei Flut, ragt nur noch ein Drittel des schmalen Steindamms aus dem Wasser. Am Ende des Stacks steht eine Pricke, die auch bei Flut aus dem Wasser ragt und den Seglern verrät, dass hier, dicht unter der Wasseroberfläche, ein Damm verborgen ist und dass sie mit ihren Booten nicht zu nahe heransegeln dürfen.

Während Su, Heiko und Flo flache Steine ins Wasser werfen und laut zählen, wie oft ihr Stein auf den Wellen aufspringt, habe ich plötzlich einen meiner Geistesblitze.

„Stop!“, schreie ich so laut, dass die anderen vor Schreck stolpern und Flo beinahe ins Wasser gerutscht wäre, wenn Bastian ihn nicht geistesgegenwärtig an seinen blonden Locken festgehalten hätte.

„Au!“, kreischt Flo und klettert auf den schmalen Damm zurück.

„Du kannst uns vielleicht erschrecken!“, schimpft Su. „Was hast du denn, Sabine?“

„Etwa 'nen Sonnenstich?“, fragt Heiko interessiert.
„Quatsch! Eine Idee habe ich! Eine Superidee, wie wir beweisen können, dass Rita den Hof angezündet hat und nicht Kuddel!“
„Echt?“
Wir balancieren erst einmal ans sichere Ufer zurück. Dort scharen sich die Freunde erwartungsvoll um mich.
„Schieß los, Sabine!“
„Ganz einfach! Wir müssen Rita auf frischer Tat ertappen. Dann kann sie nicht abstreiten, dass sie die Brandstifterin war ..., und Kuddel ist außer Verdacht!“
„Ganz einfach“, äfft Bastian mich nach. „Und wie soll die einfache Sache vonstattengehen? Willst du etwa zu Rita sagen: Hallo, Rita, sei doch so nett, komm zum Bananensand zurück und zünde den Stall noch mal an, damit wir dich dabei erwischen können!“
„Genau, so machen wir es!“, rufe ich begeistert.
Heiko tippt sich an die Stirn. Su hüpft auf einem Bein im Kreis herum und singt: „Armes Sabinchen, rette dich, nun hast du doch 'nen Sonnenstich!“
Der kleine Flo sperrt Mund und Augen auf, als zweifle er an meinem Verstand. Sogar meine Freundin Heike fragt besorgt: „Sabine, ist alles okay mit dir?“
Ich stampfe mit dem Fuß auf. „So hört doch mal zu! Falls Rita tatsächlich unter Pyromanie leidet, wird sie jede Gelegenheit wahrnehmen, ein Feuer zu legen. Passt auf! Heute Abend ist in Diekhusen das Hafenfest. Hansens Bauernhof liegt dann einsam und verlassen, weil ja Heikes und Heikos Eltern auch mitfeiern wollen. Wir müssen Rita nur die

Nachricht zukommen lassen, dass die Insel heute Abend menschenleer ist. Sie wird bestimmt die günstige Gelegenheit nutzen und wieder zum Bananensand fahren, um mitzuerleben, wie die Flammen aus dem riesigen Strohdach schlagen!"

„Spinnst du, Sabine!", ruft Heike entsetzt und streckt abwehrend die Hände vor. „Am Ende brennt unser Hof tatsächlich noch ab!"

„Eben nicht", erkläre ich stolz. „Schließlich sind wir Acht auch noch da. Wir legen uns natürlich auf die Lauer und beobachten Rita. Wenn sie auftaucht, überraschen wir sie."

„Hm", brummt Bastian. „Die Sache hört sich gar nicht so schlecht an!"

„Ich weiß nicht", sagt Flo zögernd. „Wollen wir nicht lieber den Erwachsenen Bescheid sagen?"

„Ach was", wehrt Bastian großspurig ab. „Die denken, wir spinnen, wenn wir ihnen sagen, dass Rita eine Pyromanin ist!"

„Ich finde, Flo hat recht!" Heike kaut unschlüssig an ihrem Fingernagel. „Was wir vorhaben, ist viel zu gefährlich. Angenommen, wir verpassen Rita. Dann brennt womöglich unser Hof ab!"

„Aber wenn wir jetzt den Erwachsenen erzählen, dass wir Rita für die Brandstifterin halten, erfährt sie bestimmt auch davon. Glaubt ihr, dass sie dann noch zur Insel raussegelt, um den Hof anzustecken? Niemand kann ihr etwas beweisen, und der arme Kuddel bleibt weiter in Verdacht!"

„Lasst uns doch erst mal nachsehen, ob Frank und Rita am Hafen sind", drängt Heiko. „Alles andere entscheiden wir später!"

Wir laufen an der Weide vorbei, in der sich unser Ausguck befindet, patschen über den schmalen

Pfad durch das Schilf und jagen über den Sandstrand zur Mole.

Im Hafen herrscht reger Betrieb. Einzelne Gruppen stehen laut redend auf der Mole oder sitzen in ihren Booten, die sie bereits am Steg vertäut haben. Alle schwatzen gutgelaunt über das bevorstehende Hafenfest.

Wir entdecken Rita und Frank, die gerade mit ihrem Boot am Liegeplatz anlegen. Flink turnen wir über den langen, schwankenden Steg an den vielen Booten vorbei. Frank legt die Segel zusammen, und Rita rollt eine Leine auf. Sie trägt wieder ihr gelbweiß gepunktetes Kopftuch und ihren knappen, weißen Bikini.

„Hallo!“ Wir machen uns bemerkbar.

Die beiden blicken auf und winken uns zu.

„Wo habt ihr euer Boot?“, fragt Frank.

„Drüben an der Mole. Ihr kommt ja schon zurück!“, rufe ich.

„Wir müssen uns doch noch für das Fest umziehen“, lacht Rita.

Ich beobachte sie aufmerksam. Aber ich kann nichts Ungewöhnliches an ihr feststellen. Sie benimmt sich ganz natürlich.

„Kommt ihr auch?“ fragt Rita. „Ich bin schon mächtig gespannt.“

„Klar. Sogar Hansens kommen vom Bananensand rüber, um mitzufeiern. Die Insel ist heute Abend menschenleer und verlassen!“

Wir sehen Rita lauernd an. Aber sie verzieht keine Miene, sondern rollt in aller Ruhe das Tau auf.

„So“, flüstert Bastian befriedigt, als wir über den Steg zurückschlendern. „Der Köder ist ausgelegt. Jetzt müssen wir abwarten, ob der Fisch auch anbeißt!“

Nachdenklich blicken wir über den Wald aus vielen schlanken Schiffsmasten.

„Seht nur!“, ruft Heiko plötzlich aufgeregt und deutet mit dem Arm zur Mole.

Eine schnittige Motorjacht braust durch die Hafenein fahrt und macht am Ende des Stegs fest.

„Ist das ein tolles Boot! Nagelneu!“ Heiko ist ganz aus dem Häuschen. Er läuft über den schwankenden Steg zurück, um das Boot aus der Nähe zu betrachten. Wir folgen langsamer.

„Der Pott ist 'ne Wucht“, sagt Heiko beinahe ehrfürchtig.

„Kostet bestimmt so viel wie euer Haus, Flo!“ Eifrig fängt er das Tau auf, das ein Mann ihm zuwirft.

Eine junge Frau kommt aus der Kajüte. Im Arm trägt sie ein kleines Kind. Ich schätze, dass es nicht älter als Flos kleine Schwestern ist. Heike verdreht vor Entzücken die Augen, wie immer, wenn sie kleine Kinder sieht.

„Oh, ist die Kleine süß!“, ruft sie sofort.

„Es ist keine Sie, sondern ein Er“, klärt uns die Frau auf, die Heikes Worte gehört hat. „Er heißt Stefan!“

„Hallo, Stefan!“ Heike winkt dem Kleinen zu.

Der kleine Junge dreht den Kopf in unsere Richtung. Eine Weile blickt er Heike starr an. Dann verzieht sich sein Gesicht, und er lacht glucksend.

„Seid ihr aus Diekhusen?“, fragt Stefans Mutter.

„Ja.“

„Gibt es im Ort einen Laden, in dem ich Milch und Obst kaufen kann?“

„Klar. Bei Büntjes, Haus Nummer 5. Bleiben Sie länger hier?“

„Nein, nur für eine Nacht. Wir wollen morgen früh weiter nach Brunsbüttel und von dort durch den Nord-Ostsee-Kanal in die Ostsee fahren."

„Sie kommen gerade zur rechten Zeit", schwatzt Heike munter drauflos. „Heute Abend ist hier ein Hafenfest!"

„Ist ja toll!" Stefans Mutter freut sich. „Hast du gehört, Paul?", ruft sie ihrem Mann im Steuerhaus zu. „Da können wir mitfeiern!"

„Hallo, Kinder!" Tante Almut steht oben auf dem Deich und winkt mit beiden Armen. „Wie wär's, wenn ihr uns mal helft, die Kartons mit den Girlanden zum Hafen zu tragen?"

„Sofort!", antworten wir und laufen bereitwillig über den Bootssteg ans Ufer.

Die Rechnung geht nicht auf

Den Rest des Nachmittags kommen wir gar nicht mehr zur Besinnung. Wir sind vollauf beschäftigt, den Erwachsenen zu helfen. Wir schleppen lange Holzbänke und jede Menge Klappstühle zum Hafen, stellen Tapeziertische auf der Mole auf und tragen Unmengen von Plastikgeschirr herbei. Als Belohnung schenkt Tante Almut jedem von uns ein Rieseneis.

Die Männer errichten einen Ausschank und rollen Bierfässer heran. Die Frauen hängen bunte Fähnchen und Papiergirlanden von einer Fahnenstange zur anderen. Die Camper bringen ihre Grillgeräte herbei, und die Besitzer der Segelboote schmücken die Masten ihrer Boote mit bunten Lampions. Der kleine Hafen ist nicht wiederzuerkennen, so festlich herausgeputzt ist er.

Punkt acht Uhr abends erscheint Onkel Henning, Bastians Vater, mit seinem Akkordeon. Er steigt auf ein Bierfass und spielt zum Auftakt des Festes einen Walzer. Nach und nach trudelt alles, was Beine hat, am Hafen ein. Auch Mischka und Bandit streichen wie von einem Magnet angezogen um die Grillgeräte, auf denen dicke Würstchen und saftige Koteletts brutzeln. Flos und mein Vater stehen daneben und sind vollauf beschäftigt, die Würstchen zu drehen und die Koteletts zu wenden.

Die Kinder der Camper toben ausgelassen am Strand. Ab und zu eilen sie herbei, um nachzusehen, ob die Würstchen immer noch nicht fertig sind. Die Erwachsenen sitzen mit den Leuten aus Diekhusen an langen Tischen; sie lachen und erzählen und prosten sich zu.

Heike, Heiko, Flo, Bastian, Su und ich treffen wie zufällig vor Haus Nummer 9 zusammen.

„Habt ihr Kuddel gesehen?“, fragt Bastian.

„Nein“, berichtet Flo, der andauernd wie ein Wiesel zwischen den Tischen umhergehuscht ist. „Rita und Frank sind da und alle anderen aus Diekhusen auch, nur Kuddel fehlt.“

„Kuddel muss unbedingt her“, fordert Bastian energisch.

„Jeder muss ihn sehen können, damit er nicht wieder in Verdacht gerät ... , falls heute Nacht irgendwas schief geht.“

„Ich hole ihn“, bietet Su sich an. „Auf mich hört er bestimmt. Kommst du mit, Flo?“

Flo wäre viel lieber bei uns am Hafen geblieben. Aber er ist auch neugierig, wie Su es anstellen will,

den alten Mann zum Kommen zu überreden.
„Okay“, nickt er deshalb. „Ich komme mit!“
„Heike und Sabine“, übernimmt Bastian das Kommando, „ihr geht zum Hafen zurück und beobachtet Frank und Rita. Lasst sie bloß nicht aus den Augen.“
„Gut. Und was macht ihr?“
„Heiko und ich rudern die HAI aus dem Hafen und bringen sie ein Stück stromaufwärts ans Ufer. Dann können wir uns jederzeit mit dem Boot entfernen, ohne dass es auffällt!“
Wir trennen uns. Su und Flo laufen zu Haus Nummer 3, um Kuddel zu holen. Heiko und Bastian klettern in die Jolle und rudern aus dem Hafen, ohne dass ihnen jemand große Beachtung schenkt.
„Los, Heike“, mahne ich. „Am besten, wir mischen uns unter die Erwachsenen, damit wir Rita und Frank im Auge behalten können.“
„Sieh nur, wie süß die sind!“, ruft Heike statt einer Antwort. Schon hockt sie sich zu Flos kleinen Zwillingsschwestern, die vergnügt neben dem kleinen Stefan im Sand sitzen und ihre Spieleimer vollschaufeln.
„Bist du so nett und passt einen Moment auf die drei auf?“, wendet sich Stefans Mutter an Heike. „Dann kann ich an Bord in Ruhe das Abendessen für den Kleinen zubereiten.“
„Gern“, strahlt Heike.
Stefans Mutter läuft beruhigt über den Bootssteg und verschwindet in der Kajüte der Motorjacht.
Ich ziehe ein langes Gesicht. „Mensch, Heike, zum Babysitten fehlt uns wirklich die Zeit. Wir sollen doch Rita und Frank beobachten, stattdessen hockst du hier und bäckst Sandkuchen.“
„Lass mich doch“, begehrt meine sonst so friedli-

che Freundin gereizt auf. „Ich mag kleine Kinder eben gern. Du kannst die beiden auch allein beobachten. Ich komme später nach, wenn die drei hier zu Bett müssen."

Missmutig ziehe ich allein ab.

„Die ersten Würstchen sind fertig", ruft Papa.

Sofort bessert sich meine Laune. Alle drängen sich mit Papptellern in der Hand um die Grillgeräte. Es gelingt mir auch, ein Würstchen zu ergattern, und dann verbrenne ich mir die Zunge, weil ich so gierig hineinbeiße.

Der alte Kuddel spaziert durch die Lücke im Deich. An der linken Hand hängt Su und an der rechten Flo. Su hat es also tatsächlich geschafft, den alten Mann herumzukriegen. Onkel Henning spielt einige Seemannslieder, und Kuddel lässt sich nicht lange bitten und singt dazu. Die Leute klatschen begeistert Beifall.

„Wie hast du Kuddel denn überredet, Su?", erkundige ich mich neugierig.

„Ich habe ihm gesagt, dass er doch so wunderschön singen kann und dass ihn alle hören wollen. Da konnte er schließlich nicht nein sagen. So, und jetzt organisiere ich mir erst mal eine Limo und ein paar Würstchen."

Nachdem ich ebenfalls noch zwei Würstchen und ein Kotelett verdrückt habe, gesellen sich Heiko und Bastian wieder zu uns. Auch Heike erscheint.

„Na, wo sind deine Babys?", ziehe ich sie auf.

„Sie müssen jetzt schlafen. Stefan wird von seiner Mutter gerade auf der Jacht gefüttert, und Flos Mutter bringt die Zwillinge zu Bett."

Die Sonne ist inzwischen glutrot im Westen untergegangen. Jetzt wird es rasch dunkel. Die Männer zünden die bunten Lampions in den Masten der Boote an; über den Tischen am Hafen flammen Lichter auf. Die ersten Paare tanzen zu Onkel Hennings Akkordeonmusik auf der Mole. Auch Rita und Frank sind dabei.

„Bin gespannt, wer zuerst ins Wasser tanzt“, grinst Heiko. Erwartungsvoll beobachtet er die Tanzenden, aber niemand tut ihm den Gefallen und purzelt ins Hafenbecken.

„Von jetzt an wird es schwierig werden, Rita und Frank zu beobachten“, sagt Bastian nachdenklich. „Es ist so dunkel, dass man die Gesichter bei der schummerigen Beleuchtung kaum noch erkennen kann.“

„Dann könnte uns Rita ja leicht entwischen!“

Ich bin besorgt.

„Wollen wir nicht doch lieber die Erwachsenen einweihen?“, fragt Heike unsicher.

„Quatsch, die denken doch nur, dass wir spinnen. Viel leicht hat Rita ausgerechnet heute keine Lust, zur Insel zu fahren und ein Feuer zu legen. In dem Fall stehen wir ganz schön blöd da.“

„Aber was ist, wenn wir Rita verpassen und es ihr gelingt, unseren Hof anzuzünden?“ Heike wirkt bedrückt. „Ganz allein auf eigene Faust etwas zu unternehmen ist zu gefährlich und leichtsinnig. Wir brauchen wirklich die Hilfe der Erwachsenen.“

„Heike hat recht“, stimme ich zu. „Deshalb schlage ich vor, dass wir jetzt sofort zur HAI schleichen und auf den Fluss hinausrudern. Auf halbem Weg zwischen Diekhusen und dem Bananensand lassen wir uns treiben und beobachten durch Heikos Fernglas den Hafen. So kann uns nicht entgehen, wenn ein Boot den Hafen verlässt. Wir können dann vor Rita auf der Insel sein und notfalls eingreifen."

„Und wie sagen wir den Erwachsenen Bescheid?", begehrt Heike auf.

„Eins nach dem anderen. Flo und Su, ihr bleibt zurück und versteckt euch in der Nähe des Bootsstegs. Falls Rita lossegelt, holt ihr sofort Papa oder irgendeinen der anderen Erwachsenen zu Hilfe."

„Ihr spinnt wohl!", protestiert Su lautstark und stampft wütend mit dem Fuß auf. „Nie wollt ihr mich dabeihaben, wenn es spannend wird!"

„Rita zu beobachten ist viel spannender, als in der Jolle auf dem dunklen Wasser zu sitzen und zu warten", versucht Bastian sie zu überreden. „Euch beiden fällt die schwierigste und verantwortungsvollste Aufgabe zu!"

„Hm", brummt Su. Aber an ihrer zufriedenen Miene erkenne ich, dass sie einverstanden ist.

„Komm, Su", drängt Flo und fasst nach ihrer Hand. „Ich weiß ein gutes Versteck!" Er ist heilfroh, dass er an Land bleiben kann und nicht auf das dunkle Wasser hinaus muss.

„Ist gut", stimmt Su gnädig zu.

„Ruft sofort jemanden zu Hilfe, wenn Rita mit dem Boot ablegt! Vergesst das nicht!", schärft Heike ihnen noch einmal ein.

„Wir sind doch nicht blöd", gibt Su empört zurück.

„Dann macht's gut!"

Flo und Su bleiben zurück, während wir über das dunkle Deichvorland zur Jolle schleichen.

„Steigt ein", ermuntert Bastian uns. „Ich schiebe ab!"

Er wirft seine Turnschuhe ins Boot und krempelt die Jeans hoch. Als ihm das Wasser bis an die Knie reicht, zieht er sich mit einem Klimmzug ins Boot. Heike sitzt diesmal an der Pinne, während Heiko und ich mittschiffs auf der Ruderbank Platz nehmen und geräuschlos die langen Ruder ins Wasser tauchen.

Wie ein Geisterboot schwebt die HAI lautlos auf den Wellen. Wir haben natürlich keine Positionslichter gesetzt, um uns nicht zu verraten. Andere Boote werden uns um diese Zeit nicht begegnen, denn die Fahrrinne für die großen Schiffe befindet sich hinter dem Bananensand.

Leise gluckern die Weilen an der Bordwand entlang. Ein wenig unheimlich ist es schon, so im Finstern lautlos auf dem Strom zu treiben. Fast beneide ich Su und Flo, die jetzt gut versteckt in der Nähe des Stegs hocken.

In der Feme spiegeln sich die roten, grünen, blauen und gelben Lichter der Lampions im Hafenwasser. Musikfetzen und Gelächter wehen zu uns herüber.

„Zieht die Riemen ein“, sagt Heike leise, als wir auf gleicher Höhe mit der Hafeneinfahrt sind.

„Wir lassen uns treiben“, flüstert Heiko. „Wenn wir zu weit abkommen, rudern wir wieder zurück!“

Da hocken wir nun in finsterer Nacht im Boot auf dem dunklen Wasser. Es wird allmählich kalt. Fröstelnd ziehen wir unsere mitgebrachten Kapuzenpullis über und spähen mit Adleraugen zum Hafen hinüber ... , ob sich nicht plötzlich aus der vergnügten Menge ein Schatten schält, zu den Booten am Steg schleicht und heimlich zur Insel rudert. Bastian blickt auf seine Armbanduhr, die ein Leuchtzifferblatt hat. „Du liebe Güte, es sind erst zehn Minuten vergangen. Ich dachte, mindestens eine halbe Stunde wäre es!“

„Tut sich immer noch nichts am Hafen, Heiko?“ fragt Heike ihren Bruder.

Heiko nimmt das Fernglas von den Augen, durch das er das geschäftige Treiben auf der Mole beobachtet. „Nein, die Segelboote schaukeln friedlich an ihren Bojen. Ich glaube, Sabines Idee war ein Flopp. Rita denkt gar nicht dran, zur Insel zu segeln!"

„Umso besser!" Heike ist erleichtert. „Dann ist unser Hof nicht in Gefahr!"

„Im Gegenteil", rufe ich. „Wenn wir Rita nicht auf frischer Tat ertappen, kann ihr niemand die Brandstiftungen nachweisen. Sie wird vielleicht noch jahrelang Autos und Häuser anzünden, bis sie endlich mal erwischt wird!"

Heike knabbert beunruhigt an ihrem Fingernagel. „Hoffentlich passen Flo und Su gut auf. Und hoffentlich sagen sie sofort jemandem Bescheid, wenn Rita aufs Boot schleicht!"

Heiko kramt für jeden von uns ein Kaugummi aus seinen Hosentaschen, damit wir etwas zu tun haben und den Mund halten. Nachts kann man auf dem Wasser alle Geräusche weit hören.

„Ob uns unsere Eltern schon vermissen?", flüstert Heike. Sie streichelt Husch unter ihrem Pulli.

„Glaube ich nicht", meint Bastian. „Bei den vielen Kindern und Erwachsenen, die am Hafen rumlaufen, merken die bestimmt nicht, dass wir fehlen!"

An der Nordspitze des Bananensandes tauchen Lichter auf. Heiko schwenkt sein Fernglas herum und richtet es auf das schwarze Ungetüm, das in der Ferne vorbeischwebt. Seine Maschinen stampfen laut und übertönen für eine Weile die Musik am Hafen.

„Ein Kühlschiff", erklärt Heiko. „Haltet euch fest, gleich fängt die HAI an zu schaukeln!"

Wir spüren, wie die Jolle kurz darauf wie von unsichtbaren Händen hochgehoben wird und sacht ins Wellental hinabfällt. Wenig später schlagen die Wellen laut klatschend an die Mole.

Plötzlich springe ich verwirrt auf. „Was machen die denn da drüben? Auf einmal laufen alle fort!"

„Lass sehen!" Bastian reißt Heiko das Fernglas aus der Hand.

„Ach", lacht er. „Die machen eine Polonaise."

Lautes Gelächter und Rufe dringen zu uns herüber. An der Spitze marschiert Onkel Henning mit seinem Akkordeon. Alle Kinder und Erwachsenen schließen sich in einer immer länger werdenden Schlange an und verschwinden dann durch die Lücke im Deich.

„Sie machen eine Polonaise durchs Dorf", sagt Bastian verblüfft. „Niemand bleibt am Hafen zurück!"

Heike richtet sich angespannt auf. „Das wäre doch eine gute Gelegenheit für Rita, sich unbemerkt davonzustehlen!"

Kribbelig vor Ungeduld spähen wir zum Bootssteg hinüber.

„Wackelt doch nicht so", schimpft Bastian. „Ich kann das Fernglas nicht ruhig halten!"

„Nun sag schon", drängen wir, bis zum äußersten ge spannt. „Siehst du etwas?"

„Ja, jetzt. Wirklich. Ein Schatten schleicht über den Bootssteg. Es ist bestimmt Rita, die ihr Boot losmachen will, um zur Insel zu segeln!"

Heike stößt zischend die Luft zwischen den Zähnen hervor. „Es geht los", wispert sie mit vor Aufregung zitternder Stimme. „Hoffentlich sagen Flo und Su den Erwachsenen sofort Bescheid!"

Plötzlich blicken wir uns entsetzt an. Wem sollen Flo und Su Bescheid sagen? Alle Erwachsenen sind verschwunden. Die Musik und der Gesang sind kaum noch zu hören.

„Mist“, stöhnt Heiko. „Die blöde Polonaise haben wir nicht eingeplant!“

„Jetzt kommen die Erwachsenen bestimmt zu spät, und wir sind allein auf uns angewiesen“, jammert Heike.

„Regt euch nicht auf“, brummt Bastian. „Rita will gar nicht zur Insel. Auf ihrem Boot rührt sich nichts.“

„Vielleicht ist sie inzwischen zur Vernunft gekommen“, hofft Heike.

„Klappe“, zischt Bastian unwillig. „Jetzt sehe ich ihren Schatten wieder. Sie schleppt irgendetwas Schweres. Sieht so aus wie ein Benzinkanister. Nun springt sie auf eine der Jollen und schüttet etwas aus dem Kanister. Jetzt springt sie auf das nächste Boot und wieder ...“ Bastian verstummt entsetzt.

„Mensch“, rufe ich unterdrückt und springe so wild auf, dass die HAI wie verrückt zu schaukeln beginnt. „Wisst ihr was? Rita denkt gar nicht dran, den Bauernhof anzuzünden. Warum soll sie auch erst zur Insel fahren, wenn sie im Hafen genauso gut ein Feuer machen kann!“

„Hm“, macht Heiko erschrocken. „Glaubst du, sie will die Boote anstecken?“

„Klar!“, ruft Bastian. „Ihr geht es doch nur darum, ein tolles Feuer zu machen. Was brennt, ist ihr egal!“

„Was nun?“, fragt Heike entsetzt. „Niemand ist mehr am Hafen, der Rita daran hindern könnte. Auch wenn Su und Flo inzwischen hinter den Erwachsenen herrennen, werden sie bestimmt zu spät kommen!“

Ich schlucke verzweifelt. Und ich ärgere mich, dass wir Papa nicht von Anfang an erzählt haben, was wir vorhaben. Doch das hilft nun auch nichts mehr.

Heiko springt auf und hechtet zur Pinne. „Segel setzen“, fordert er uns auf. „Los, schnell!“

So schnell sind Fock und Großsegel noch nie an einem Mast hochgezogen worden. Die HAI, die bis jetzt träge auf den Wellen gedümpelt hat, erwacht plötzlich. Der Wind bläht die Segel, und die Jolle schießt förmlich auf die Hafeneinfahrt zu.

Es wird gefährlich

Die kleine HAI schießt wie eine Rakete auf die lange, dichte Reihe der Boote zu, die fest vertäut am Steg schaukeln. Die bunten Lampions hoch oben in den Mastspitzen schwanken im Wind hin und her und geben ihnen ein geisterhaftes Aussehen.

„Mensch, wir müssen Segel fieren!“, ruft Heike angstvoll ihrem Bruder zu, als die HAI in voller Fahrt auf die Boote zurauscht.

„Klappe halten!“, schnauzt Heiko unfreundlich. Er hockt mit angespanntem Gesicht auf dem Staukasten und um krampft die Pinne wie ein Ertrinkender ein Stück Holz. Wir wagen nicht zu widersprechen. Schließlich kennt Heiko sich mit dem Boot am besten aus. Hoffentlich weiß er auch dieses Mal, was er sich zutrauen kann.

In Gedanken sehe ich bereits, wie sich der stolze Bug der HAI in das breite Heck der eleganten Motorjacht bohrt, die als letzte am Ende des Stegs liegt.

Im weißen Licht der Hafenlaternen wirken die Gesichter der Freunde wie aus Wachs gegossen. Angstvoll spähe ich zur Lücke im Deich hinüber. Die Musik in der Feme bricht auf einmal ab. Das Geräusch vieler Stimmen ist von weither zu hören.

Macht doch! Beeilt euch! Kommt rechtzeitig, bete ich lautlos; und dann bleibt mir keine Zeit mehr zum Nach denken.

„Segel fieren!“, kommandiert Heiko so laut, dass ich beim Klang seiner Stimme zusammenzucke. So schnell haben wir noch nie seine Anweisungen ausgeführt. Die Segel rauschen am Mast herab. Augenblicklich wird die Fahrt der Jolle gebremst, aber nicht rasch genug.

„Fender über Bord!“, brüllt Heiko.

Wir werfen die Kissen aus Kork über Bord. Im letzten Augenblick, als das Heck der Motorjacht bereits vor uns aufragt und ich unwillkürlich einen Moment die Augen schließe, weil ich es schon krachen höre, reißt Heiko die Pinne herum. Der Bug der HAI schiebt sich nur um wenige Zentimeter an der Jacht vorbei. Unsere Jolle stößt zwar längsseits an, aber die Fender, die wie Kissen wirken, mindern den größten Anprall und verhindern Kratzer und Schrammen.

Wir blicken uns mit blassen Gesichtern an. Mein Herz klopft wie rasend.

„Das war knapp“, zischt Bastian. Er atmet hörbar aus.

Heiko hat inzwischen ein Tau um die niedrige Reling der Jacht geschwungen und macht es mit einem Seemannsknoten an der Klampe fest.

„Kommt raus!“ Aber Heikos Grinsen ist verkrampft.

„Puh“, seufzt Heike aus tiefstem Herzen. „Du hast viel leicht Nerven!“
„Wie Drahtseile“, bestätige ich. „Wenn das schiefgegangen wäre, Heiko, hätte die HAI zum zweiten Mal auf die Werft gemusst!“
„Ist aber gutgegangen“, sagt Heiko. „Los, rasch auf die Jacht und von dort auf den Bootssteg. Dort muss Rita irgendwo stecken! Seid leise!“
Wir ziehen uns an der Reling der fremden Jacht hoch und tasten uns an den Aufbauten vorbei.
„Wo steckt Rita nur?“, wispert Heike und sieht sich unruhig um. „Auf dem Steg ist niemand mehr.“
Wir blicken ratlos an der langen Reihe der auf und ab tanzenden Boote entlang.
„Vielleicht hat sie sich auf einem der Boote versteckt“, sagt Bastian.
„Oder sie hat die Fliege gemacht, als sie uns gesehen hat“, überlege ich. „Laut genug waren wir ja beim Anlegen!“
„Schließlich war es höchste Eisenbahn“, verteidigt Heiko sein wildes Anlegemanöver. „Unser Zweck ist jedenfalls erreicht. Die Boote sind gerettet.“
„Wir können ja mal am Ufer nach Rita suchen“, schlägt Bastian vor und springt zu Heiko auf den Steg.
„Wartet mal!“ Heikes Stimme klingt besorgt. „Husch ist fort!“
„Wieso?“ frage ich erschrocken.
„Eben rannte er noch an meinem Arm entlang. Sabine, leuchte mal mit der Taschenlampe. Er muss hier auf dem Kajütdach sein.“
Der Schein meiner Taschenlampe erfasst den kleinen Hamster, der sich auf den Hinterpfötchen aufgerichtet hat und ängstlich fiepend umherlugt.

„Schnuppere mal, Heike“, sage ich argwöhnisch. „Hier riecht es doch nach Benzin.“

„Igitt, eine Maus!“, gellt da eine Stimme aus der Dunkelheit. Vor Schreck lasse ich beinahe die Lampe fallen.

„Wer war das?“, fragt Heike entsetzt.

Die Jungen, die ungeduldig auf dem Steg auf uns warten, wenden überrascht die Köpfe. Ich nehme all meinen Mut zusammen und leuchte um die Ecke der Kajüte. Der Schein meiner Taschenlampe trifft Ritas Gesicht. Einige Sekunden lang starren wir uns wie erstarrt an.

Heike greift hastig nach Husch und schiebt ihn in die Tasche ihres Kapuzenpullis zurück.

„Hallo, Rita!“ Vergeblich bemühe ich mich, meiner Stimme einen ungezwungenen Klang zu geben.

Rita lässt den leeren Kanister, den sie in der Hand hält, einfach über Bord fallen. Klatschend schlägt er auf dem Wasser auf und treibt langsam aus dem Lichtkreis der Lampions.

„Was wollt ihr hier?“, schreit sie plötzlich außer sich.

„Warum macht ihr die Polonaise nicht mit?“ Ihre Augen flackern irr im Lichtschein der Lampions. „Verschwindet! Ich muss mich beeilen und das Feuerwerk anzünden. Wisst ihr nicht, dass bei jedem Hafenfest als Höhepunkt ein Feuerwerk abgebrannt wird? Haut ab!“

Feindselig macht sie einen Schritt auf uns zu. Ich weiche erschrocken zurück. Rita ist mir unheimlich. Das ist nicht mehr die freundliche Frau, die uns geholfen hat, Tisch und Stuhl zum Bauernhof zu tragen, die dem Hamster ein Salatblatt aus dem Wohnwagen geholt hat und die die Schokolade mit uns geteilt hat. Es kommt mir vor, als ob dort ein völlig fremder Mensch steht, der nur das Aussehen von Rita hat.

Heike springt zu den Jungen auf den Steg, und ich folge ihr zitternd.

„Verschwindet!“, kreischt Rita mit unnatürlicher Stimme.

„Gleich kommen die anderen zurück. Dann ist die Überraschung mit dem Feuerwerk verdorben!“

„Mensch, Rita“, redet Bastian eindringlich auf sie ein.

„Mach keinen Quatsch. Sei vernünftig und komm mit zur Mole. Wir wollen weiterfeiern! Auch mit dir!“

„Gut!“ Ihre Stimme klingt plötzlich sanft und zustimmend. „Geht schon voraus. Ich komme gleich nach.“

Wir sehen uns überrascht an. Eigentlich hatten wir es uns schwieriger vorgestellt, Rita von ihrem Vorhaben abzubringen. Schon atmen wir erlöst auf, da lässt Rita plötzlich ein Feuerzeug aufflammen.

Sie bückt sich kurz und weicht dann rasch zurück. Wie gelähmt vor Entsetzen sehen wir untätig mit an, wie kleine, blaue Flämmchen über die Jacht huschen, die sich rasend schnell zu einem breiten Feuerteppich ausbreiten.

Bevor wir uns aus unserer Starrheit gelöst haben, ist Rita bereits auf das nächste Boot gesprungen. Erneut flammt ihr Feuerzeug auf, erlischt wieder. Rita stößt einen ärgerlichen Laut aus und probiert noch einmal.

Wir stehen noch immer wie erstarrt und wissen nicht, was wir tun sollen. Da spurtet eine keuchende Gestalt über den Steg. Es ist mein Vater, wie ich zu meiner ungeheuren Erleichterung feststelle. Dann erscheint auch Flos Vater am Steg. „Wir brauchen Feuerlöscher!", brüllt er und rennt zurück.

Inzwischen ist Papa mit einem Riesensatz, der einem Panther Ehre gemacht hätte, zu Rita auf das Boot gesprungen. Rita schreit erschrocken auf, als mein Vater so plötzlich hinter ihr auftaucht. Sie versucht zu fliehen, stößt sich den Kopf an der Kajütenecke, strauchelt und stürzt schreiend ins Wasser. Mein Vater blickt in die Richtung, in der sie verschwunden ist, dann springt er hinterher. Aufklatschend verschwindet auch er im schwarzen Hafenwasser.

Dann entdecke ich wenig später seinen Kopf im Lichtkreis der Lampions. Er schwimmt auf dem Rücken und schleppt Rita ab, die wie leblos, mit geschlossenen Augen, in seinen Armen hängt.

„Wo bleiben nur die anderen mit den Feuerlöschern?", frage ich beklommen.

Heiko stößt mich unsanft in den Rücken und drückt mir einen Eimer in die Hand, den er vom Nachbarboot geholt hat.

„Los, Sabine, wir müssen das Feuer löschen, bevor

es auf die anderen Boote übergreift!“

Mechanisch lasse ich den Eimer an seinem Tau ins Wasser hinab, als Heike plötzlich entsetzt aufschreit.

„Der Junge“, stammelt sie und zeigt auf die brennende Jacht. „Stefan schläft auf dem Boot!“

„Wer?“ fragt Heiko verwirrt. „Ich denke, alle sind beim Hafenfest!“

„Aber Stefan doch nicht“, kreischt Heike. „Er ist doch noch ein Baby!“

„Schläft er etwa auf dem brennenden Boot?“

„Ja, doch, ja!“ Heike ringt verzweifelt die Hände, und dann schreit sie aus Leibeskräften: „Hilfe! Hilfe!“

Ich blicke zum Ufer hinüber. Papa bemüht sich, mit Bastians Hilfe die bewusstlose Rita an Land zu ziehen. Durch die Lücke im Deich stürzen in einem wirren Knäuel die Erwachsenen, allen voran Flos und Bastians Vater mit Feuerlöschern.

Das Feuer hat sich inzwischen rasend schnell ausgebreitet. Das ganze Vorschiff steht bereits in Flammen. Sie werden zu spät kommen, um Stefan zu retten.

Heiko schüttet sich kurzentschlossen den Eimer Wasser, den er auf das brennende Boot schleudern wollte, selbst über den Kopf. Triefend springt er auf die Jacht hinüber und verschwindet in den Flammen.

„Heiko, komm zurück!“ heult Heike. Sie ist vor Angst um ihren Bruder völlig außer sich. „Oh Gott, er wird auch verbrennen!“

Endlich wird mir klar, dass ich auch etwas tun muss. Die HAI liegt noch längsseits der brennenden Jacht. Wenn ich nicht schnell etwas unternehme, werden die Flammen bald auch auf sie übersprin-gen.

„Heul nicht, lösch das Feuer!“, herrsche ich Heike an und drücke ihr den Eimer in die Hand. Nun hat sie etwas zu tun und ist abgelenkt.

Ich springe auf das Nachbarboot und lasse mich an der Bootswand in das schwarze, ölige Wasser hinab. Brr, ist das kalt! Ich muss ganz schön die Zähne zusammenbeißen, als ich die wenigen Züge zur HAI hinüberschwimme, die immer noch durch das Tau mit der brennenden Jacht verbunden ist. Kaum habe ich mich ins Boot gezogen, steige ich auf die Ruderbank und spähe angstvoll zur geöffneten Kajüttür der Jacht.

Eine Ewigkeit scheint vergangen zu sein, als Heiko endlich mit einem Bündel im Arm erscheint. Ratlos bleibt er einen Moment stehen. Der Fluchtweg zum Steg ist ihm durch die Flammen versperrt.

„Heiko, hierher!“, schreie ich wie von Sinnen. „Zur HAI!“

Stolpernd tappt Heiko über das glimmende Deck. Er lässt die Wolldecke, in die er den kleinen Stefan gewickelt hat, in meine ausgestreckten Arme fallen. Als ich das Bündel auf die Bootsplanken gelegt habe und mich umwende, um Heiko zu helfen, ist er verschwunden. Er ist einfach ins Wasser gesprungen. Prustend taucht er mit seinem blonden Schopf wieder auf. Ich halte ihm rasch das lange Ruder hin. Er greift danach, und ich ziehe ihn ins Boot. Erschöpft fällt er neben das kleine Bündel, aus dem es jetzt kräftig schreit.

„Das kalte Bad tut gut“, freut Heiko sich sichtlich. „Ich dachte, ich fange an zu schmelzen, so heiß war es auf der Jacht! Ist der Kleine okay?“

Inzwischen habe ich das Tau gelöst. Endlich von dem brennenden Boot befreit, packe ich rasch die Ruder und pulle zum Rand des Hafenbeckens, wo sich eine auf geregte Menschenmenge versammelt hat.

Das Fest geht weiter

Am Hafen herrscht ein unbeschreibliches Durcheinander. Alle rufen und reden und laufen hin und her. Niemand weiß genau, was eigentlich passiert ist. Wir drücken den um sich schlagenden kleinen Stefan, der so unsanft aus dem Schlaf gerissen wurde, seiner überglücklichen Mutter in die Arme, und beantworten, so gut es geht, die vielen Fragen der Erwachsenen.

Heiko wird von seiner entsetzten Mutter auf Brandverletzungen untersucht. Außer ein paar angesengten Haaren und angeschmorten Turnschuhen ist ihm zum Glück nichts passiert.

Der Feuerschein auf der Motorjacht ist inzwischen erloschen, da Flos und Bastians Vater geistesgegenwärtig Feuerlöscher mitgebracht haben. So sind die übrigen Boote vom Feuer verschont geblieben. Die Jacht allerdings sieht nicht mehr wie aus dem Ei gepellt aus. Die Planken sind angekohlt und verbogen, die Farbe ist durch die Hitze geschmolzen und an vielen Stellen abgeplatzt. Stefans Eltern müssen die geplante Fahrt in die Ostsee abbrechen. Aber das ist unwichtig geworden. Sie sind wie erlöst, dass sie ihren kleinen Sohn unverletzt wiederhaben.

„Ein Glück, dass Heike sich rechtzeitig erinnert

hat, dass ein kleines Kind an Bord war“, sagt meine Mutter mit zitternder Stimme. „Wir wußten ja gar nichts davon! Wie kann man so einen Kleinen auch allein lassen!“

„Ein noch größeres Glück, dass Heiko den Mut gehabt hat, auf das brennende Schiff zu springen“, rufe ich laut. „Das war wirklich toll von Heiko!“

„Es blieb mir ja nichts anderes übrig!“ Vorwurfsvoll blickt Heiko die Erwachsenen an. „Ihr wart ja nicht rechtzeitig zur Stelle!“

„Wir konnten nicht schneller Bescheid sagen“, japst Flo, noch ganz außer Atem. „Plötzlich sind alle im Gänsemarsch aus dem Hafen gelaufen!“

„Als Rita zum Steg kam, sind wir sofort losgerannt!“, versichert Su. „Zum Glück war Papa der letzte in der Schlange und ist gleich zum Hafen gelaufen. Die anderen haben gar nicht so schnell kapiert, was wir wollten!“

„Lasst nur, das habt ihr prima gemacht!“, lobt Bastian.

„Wenn Onkel Ulf nicht so schnell erschienen wäre, hätte Rita bestimmt noch mehr Boote angezündet!“

Ich drücke mich an meinen Vater. Er steht neben Frank, der auf dem Boden kniet und Ritas Kopf in seinen Schoß gebettet hat. Rita hat die Augen geöffnet und blickt teilnahmslos um sich.

„Mein Gott, Rita“, flüstert Frank, während ihm die Tränen über die Wangen laufen. „Sag doch, dass das alles nicht wahr ist, sag doch, dass du das Feuer nicht gelegt hast!“

„Wir brauchen einen Krankenwagen“, sagt Papa, der zu uns getreten ist. „Ich glaube, Frank hat einen Schock bekommen. Und auch Rita braucht sofort ärztliche Hilfe!“ Während Tante Almut zum Café läuft, um nach einem Krankenwagen zu telefonieren, folgen Papa, Mama und ich etwas langsamer, um uns trockene Sachen anzuziehen.

„Ich wusste gar nicht, dass an Bord der Jacht ein kleiner Junge schlief", sagt Papa entsetzt. „Mein Gott, Sabine, in was für ein gefährliches Abenteuer habt ihr euch da wieder eingelassen. Ihr hättet uns sofort Bescheid sagen müssen!"

„Flo und Su sollten euch doch sofort zu Hilfe holen, wenn Rita am Steg auftaucht", verteidige ich mich kleinlaut. „Dass ihr ausgerechnet dann eine Polonaise macht und Rita die Boote anzünden will anstatt Hansens Bauernhof, wie wir dachten ... – das konnten wir doch nicht ahnen!"

Während ich mir in meinem Zimmer trockene Wäsche anziehe, blinzele ich mit einem Auge dauernd aus dem Fenster zum hellerleuchteten Hafen hinüber.

„Meine Knie schlottern jetzt noch vor Aufregung", sagt jemand mit zitternder Stimme hinter mir.

Ich zucke zusammen. Da sitzt Mama mit gefalteten Händen auf meinem Bett. Sie sieht so elend aus, dass ich ihr zärtlich einen Kuss auf die Wange drücke.

„Ist doch alles gutgegangen", versuche ich sie zu beruhigen. Ich schalte den Fön ein. Der warme Luftstrom wirbelt mir die Haare ins Gesicht. Ich schiebe sie mit der anderen Hand aus den Augen, damit mir nur ja nichts von dem Betrieb am Hafen entgeht. Plötzlich schalte ich den Fön aus. Ein Krankenwagen und ein Streifenwagen der Polizei sind angekommen.

„Was ist?" Mama blickt mich fragend an. „Deine Haare sind bestimmt noch nicht trocken, Sabine!"

„An der Mole hält ein Krankenwagen!“, rufe ich.

Mama kommt zu mir ans Fenster. „Frank hat einen schweren Schock erlitten, als er erfuhr, dass Rita die Brände gelegt hat. Er war völlig ahnungslos, der Arme, und ist aus allen Wolken gefallen!“

„Kann Rita denn geholfen werden, Mama?“, frage ich beklommen. „Eigentlich war sie doch immer ganz nett und lustig. Auf dem Boot war sie ganz verändert, wie ein anderer Mensch. Ich hatte Angst vor ihr!“

„Rita ist sehr krank. Aber vielleicht kann ihr geholfen werden“, tröstet mich Mama. „Nur geht das nicht von heute auf morgen. So eine Behandlung braucht viel Zeit. Es ist wichtig, dass sie sofort in fachärztliche Behandlung kommt. Wenn der Arzt erst einmal die Ursache dafür herausgefunden hat, warum sie unter dem Zwang leidet, Brände zu legen, kann sie sicher geheilt werden.“

Ich atme befreit auf. „Das wäre gut. Auch für Frank.“

„Wir wollen das Beste hoffen“, stimmt Mama zu. „Zum Glück ist das schlimmste Unheil verhindert worden.“

„Ich freue mich wahnsinnig, dass Heiko den kleinen Stefan rechtzeitig aus der Kajüte holen konnte.“

„Ich mich auch“, sagt Mama leise und drückt mich fest an sich. „Obwohl es leichtsinnig von den Eltern war, den Kleinen allein zu lassen.“

„Bist du böse, dass wir uns heimlich mit der HAI auf die Lauer gelegt haben? Wir wollten doch nur beweisen, dass Kuddel unschuldig ist. Allerdings konnten wir nicht ahnen, dass Rita die Boote anzünden wollte und dass ihr ausgerechnet zu dem Zeitpunkt eine Polonaise durchs Dorf machtet!"

„Nein, ich kann euch nicht böse sein", seufzt Mama. „Ihr hättet uns nur ein wenig eher einweihen sollen. Außerdem habt ihr großes Glück gehabt. Wie leicht hättet ihr euch verletzen können!"

Plötzlich entsteht unten im Hausflur ein wüstes Gepolter.

„Mama! Sabine!", hören wir Su schreien. „Wo steckt ihr?

Papa ist schon längst wieder am Hafen! Das Fest geht weiter!"

„Gleich!", rufe ich.

Mama legt einen Arm um meine Schultern. „Dann wollen wir uns mal wieder bei den anderen sehen lassen, Sabine.", sagt sie sanft.

Als wir durch die Lücke im Deich gehen, fährt der Krankenwagen mit Frank und Rita an uns vorbei. Ein wenig traurig blicke ich den roten Rücklichtern nach, die sich rasch in der Dunkelheit verlieren. Ganz fest drücke ich beide Daumen und wünsche Rita, dass sie wieder ganz gesund wird.

Flo, Su, Heike, Heiko und Bastian sitzen wie die Orgelpfeifen nebeneinander auf einer der langen Bänke. Um sie herum drängt sich eine dichte Menschentraube. Heiko trägt viel zu lange Jeans von Bastian. Die Hosenbeine hat er mindestens viermal umgekrempelt, die Pullover-Ärmel auch. Er stößt mich schon wieder quietschvergnügt an, als ich mich neben ihn zwänge.

„Hallo, Kuddel", rufe ich laut, als ich das faltige Gesicht des alten Mannes in der Menge entdecke. „Dann bist du ja jetzt außer Verdacht!"

Kuddel drängt sich zu uns durch. „Ja", sagt er gerührt.

„Ihr seid mir schon ein paar Teufelskerle. Da habt ihr doch wirklich den Beweis gebracht, dass ich unschuldig bin!"

„Das hatten wir dir doch versprochen, und Versprechen werden gehalten!", ruft Su laut. Sie streckt ihre kleine Stupsnase noch höher in die Luft und genießt es, im Mittelpunkt zu stehen.

„Wie kann ich euch das nur wieder gutmachen, Kinder?"

„Ganz einfach, Kuddel", grinst der kleine Flo übermütig.

„Trink weniger Rum!"

„Klar", strahlt Kuddel.

Am meisten aber strahlt Kuddels Tochter. „Nun wird mein Vater auf seine alten Tage vielleicht noch vernünftig", sagt sie leise.

„Dann kann unser Hafenfest eigentlich weitergehen", ruft jemand aus der Menge.

„Augenblick", sagt Stefans Vater. Er geht zu Onkel Henning und flüstert kurz mit ihm. Onkel Henning nickt zustimmend, er rückt sein Akkordeon zurecht und spielt einen Tusch.

In die erwartungsvolle Stille sagt Stefans Vater: „Bevor wir gleich weiterfeiern, möchte ich mich ganz herzlich bei den tapferen Kindern hier bedanken, ohne deren mutiges Eingreifen unser kleiner Stefan vielleicht nicht mehr am Leben wäre ..." Er verstummt tief bewegt.

„Bravo! Bravo!", rufen die Leute und klatschen begeistert in die Hände. Su hebt stolz den Kopf und sonnt sich in den Beifallsrufen wie eine Königin. Dabei hat sie am wenigsten zur Rettung des kleinen Stefan getan.

Plötzlich kommt Bewegung in die Menschenreihen. Ste fans Mutter, die ihren Sohn inzwischen beruhigt hat und in der Obhut von Flos Mutter zurückgelassen hat, drängt sich energisch zu uns durch.

„Ich habe noch nicht einmal Zeit gehabt, mich bei dir zu bedanken!", sagt sie zu Heiko. Sie zieht ihn an sich und küsst ihn gerührt auf beide Wangen.

Heiko, der ein recht unglückliches Gesicht macht, gelingt es mit einiger Mühe, sich aus der Umarmung zu befreien.

„Ich war es nicht allein. Die anderen hier gehören auch dazu!"

Schadenfroh sieht er zu, wie wir auch einen Kuss abbekommen.

„Wie viele seid ihr denn?"

„Acht. Der Hamster gehört auch zu uns", lacht Heike.

„Den umarme ich lieber nicht", meint Stefans Mutter lächelnd und betrachtet Husch, der unablässig schnuppernd auf Heikes Schulter umherläuft. „Und wer ist der achte? Ein Meerschweinchen?"

„Nein, ein Kater. Bandit, wo steckst du?", rufe ich.

Da ertönt ein freudiges Miau, und Bandit springt auf meinen Schoß. Seine getigerte Freundin Mischka folgt ihm auf dem Fuß, sie reibt ihren Kopf schnurrend an Kuddels Beinen.

„Aber das sind doch zwei Katzen", sagt Stefans Mutter erstaunt.

„Nur der schwarze Kater mit den weißen Pfoten und dem einen Auge gehört zu uns", erkläre ich lachend. „Die kleine getigerte ist Kuddels Katze. Aber vielleicht nehmen wir sie auch noch in unseren Klub auf! Wer weiß?"

Hier wohnen die Acht vom großen Fluss

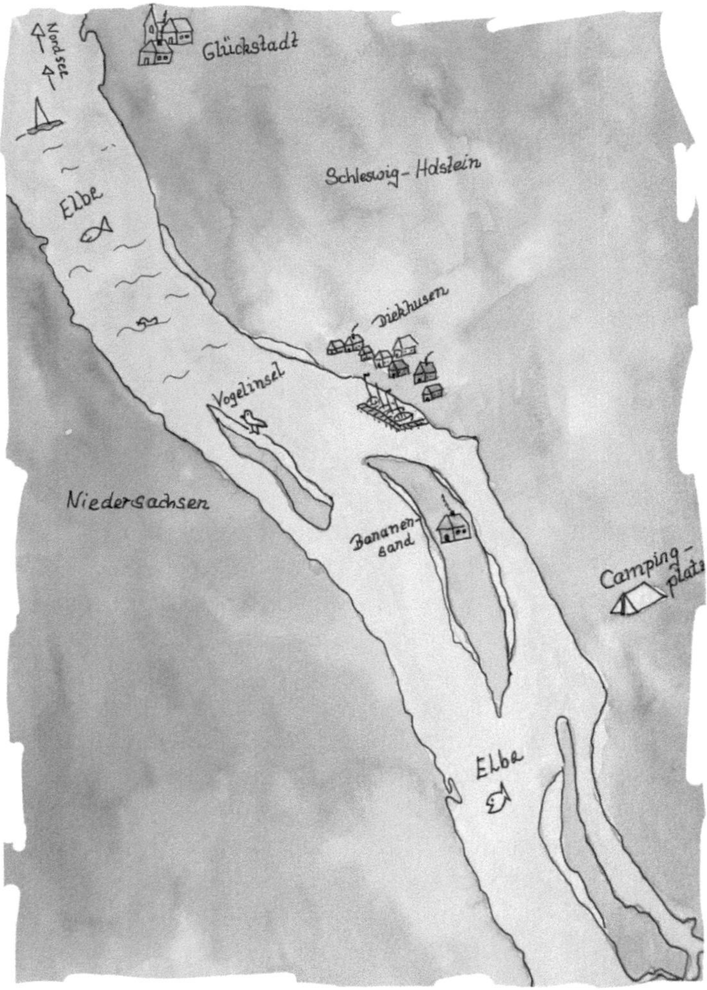

So sieht es auf Bananensand aus

Leibniz-Blätter zum Bestellen

Ausgabe 1 (vergr.)

Ausgabe 2

Ausgabe 3

Ausgabe 4

Ausgabe 5

Ausgabe 6

Ausgabe 7

Ausgabe 8

Ausgabe 9

Ausgabe 10

Ausgabe 11

Ausgabe 12

Ausgabe 13

Ausgabe 14

Ausgabe 15

Ausgabe 16

Ausgabe 17

Ausgabe 18

Ausgabe 19

Ausgabe 20

Ausgabe 21

Ausgabe 22

Ausgabe 23

Ausgabe 24

Ausgabe 25

Ausgabe 29

Ausgabe 31

Ausgabe 32

Ausgabe 33

Ausgabe 34

Ausgabe 36

Ausgabe 37

Ausgabe 38

Ausgabe 39

Ausgabe 40

Ausgabe 41

Die bisher erschienenen Ausgaben der Leibniz-Blätter können unter redaktion@leibniz-privatschule.de bestellt werden.

Leibniz Blätter Verlag – aus dem Buch-Programm

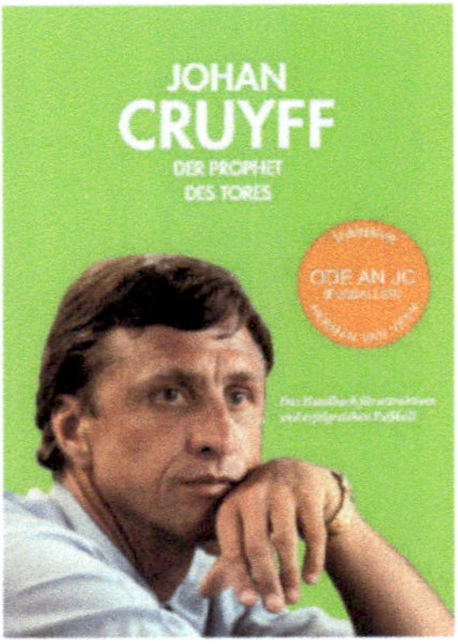

LEIBNIZ BLÄTTER VERLAG